大活字本

杜子春

芥川龍之介

JN123702

ぺんで舎
Silver
シルバー文庫

目次

杜子春

一

或春の日暮です。

唐の都洛陽（らくよう）の西の門の下に、ぼんやり空を仰いでいる、一人の若者がありました。

若者は名は杜子春（とししゅん）といって、元は金持の息子でしたが、今は財産を費（つか）い尽して、その日の暮しにも困る位、憐な身分になっているのです。

　何しろその頃洛陽といえば、天下に並ぶもののない、繁昌を極めた都ですから、往来にはまだしっきりなく、人や車が通っていました。門一ぱいに当っている、油のような夕日の光の中に、老人のかぶった沙（しゃ）の帽子や、土耳古（トルコ）の女の金の耳環や、白馬に飾った色糸の手綱が、絶えず流れて行く容子は、まるで画のような美しさです。

しかし杜子春は相変らず、門の壁に身を凭せて、ぼんやり空ばかり眺めていました。空には、もう細い月が、うらうらと靡いた霞の中に、まるで爪の痕かと思う程、かすかに白く浮んでいるのです。

「日は暮れるし、腹は減るし、その上もうどこへ行って、泊めてくれる所はなさそうだし――こんな思いをして生きている位なら、一そ川へでも身を投げて、死んでしまった方がましかも知れない。」

杜子春はひとりさっきから、こんな取りとめもないことを思いめぐらしていたのです。

するとどこからやって来たか、突然彼の前へ足を止めた、片目眇（すがめ）の老人があります。それが夕日の光を浴びて、大きな影を門へ落すと、じっと杜子春の顔を見ながら、

「お前は何を考えているのだ。」と、横柄に言葉をかけました。

「私ですか。私は今夜寝る所もないので、どうしたものかと考えているのです。」

老人の尋ね方が急でしたから、杜子春はさすがに眼を伏せて、思わず正直な答をしました。

「そうか。それは可哀そうだな。」

老人は暫く何事か考えているようでしたが、やがて、往来にさしている夕日の光を指さしながら、

「ではおれが好いことを一つ教えてやろう。今この夕日の中に立って、お前の影が地に映ったら、その頭に当る所を夜中に掘って見るが好い。きっと車に一ぱいの黄金が埋まっている筈だから。」

「ほんとうですか。」

杜子春は驚いて、伏せていた眼を挙げました。所が更に不思議なことには、あの老人はどこへ行ったか、もうあたりにはそれらしい、影も形も見当りません。その代り空の月の色は前よりも猶（なお）白くなって、休みない往来の人通りの上には、もう気の早い蝙蝠（こうもり）が二三匹ひらひら舞っていました。

二

杜子春は一日の内に、洛陽の都でも唯一人という大金持になりました。あの老人の言葉通り、夕日に影を映して見て、その頭に当る所を、夜中にそっと掘って見たら、大きな車にも余る位、黄金が一山出て来たのです。

大金持になった杜子春は、すぐに立派な家を買って、玄宗皇帝にも負けない位、贅沢な暮しをし始めました。蘭陵（らんりょう）の酒を買わせるやら、桂州の竜眼肉（りゅうがんにく）をとりよせるやら、日に四度色の変る牡丹を庭に植えさせるやら、白孔雀を何羽も放し飼いにするやら、玉を集めるやら、錦を縫わせるやら、香木の車を造らせるやら、象牙の椅子を誂えるやら、その贅沢を一々書いていては、いつになってもこの話がおしまいにならない位です。

するとこういう噂を聞いて、今までは路で行き合っても、挨拶さえしなかった友だちなどが、朝夕遊びにやって来ました。それも一日毎に数が増して、半年ばかり経つ内には、洛陽の都に名を知られた才子や美人が多い中で、杜子春の家へ来ないものは、一人もない位になってしまったのです。杜子春はこの御客たちを相手に、毎日酒盛りを開きました。その酒盛りの又盛なことは、中々口には尽されません。極（ごく）かいつまんだだけをお話しても、杜子春が金の杯に西洋から来た葡萄酒を汲んで、天竺（てんじく）生れの魔法使が刀を呑んで見せる芸に見とれていると、そのまわりには二十人の女たちが、十人は翡翠の蓮の花を、十人は瑪瑙（めのう）の牡丹の花を、いずれも髪に飾りながら、笛や琴を節面白く奏しているという景色なのです。

しかしいくら大金持でも、御金には際限がありますから、さすがに贅沢家（や）の杜子春も、一年二年と経つ内には、だんだん貧乏になり出しました。そうすると人間は薄情なもので、昨日までは毎日来た友だちも、今日は門の前を通ってさえ、挨拶一つして行きません。ましてとうとう三年目の春、又杜子春が以前の通り、一文無しになって見ると、広い洛陽の都の中にも、彼に宿を貸そうという家は、一軒もなくなってしまいました。いや、宿を貸す所か、今では椀に一杯の水も、恵んでくれるものはないのです。

　そこで彼は或日の夕方、もう一度あの洛陽の西の門の下へ行って、ぼんやり空を眺めながら、途方に暮れて立っていました。するとやはり昔のように、片目眇（すがめ）の老人が、どこからか姿を現して、「お前は何を考えているのだ。」と、声をかけるではありませんか。

　杜子春は老人の顔を見ると、恥しそうに下を向いた儘、暫くは返事もしませんでした。が、老人はその日も親切そうに、同じ言葉を繰返しますか

ら、こちらも前と同じように、

「私は今夜寝る所もないので、どうしたものかと考えているのです。」と、恐る恐る返事をしました。

「そうか。それは可哀そうだな、ではおれが好いことを一つ教えてやろう。今この夕日の中へ立って、お前の影が地に映ったら、その胸に当る所を、夜中に掘って見るが好い。きっと車に一ぱいの黄金が埋まっている筈だから。」

老人はこう言ったと思うと、今度も亦（また）人ごみの中へ、掻き消すように隠れてしまいました。

　杜子春はその翌日から、忽ち天下第一の大金持に返りました。と同時に相変らず、仕放題（しほうだい）な贅沢をし始めました。庭に咲いている牡丹の花、その中に眠っている白孔雀、それから刀を呑んで見せる、天竺から来た魔法使――すべてが昔の通りなのです。

　ですから車に一ぱいあった、あの夥しい黄金も、又三年ばかり経つ内には、すっかりなくなってしまいました。

三

「お前は何を考えているのだ。」

片目眇の老人は、三度杜子春の前へ来て、同じことを問いかけました。勿論彼はその時も、洛陽の西の門の下に、ほそぼそと霞を破っている三日月の光を眺めながら、ぼんやり佇んでいたのです。

「私ですか。私は今夜寝る所もないので、どうしようかと思っているのです。」

「そうか。それは可哀そうだな。ではおれが好いことを教えてやろう。今この夕日の中へ立って、お前の影が地に映ったら、その腹に当る所を、夜中に掘って見るが好い。きっと車に一ぱいの——」

老人がここまで言いかけると、杜子春は急に手を挙げて、その言葉を遮りました。

「いや、お金はもう入(い)らないのです。」

「金はもう入らない？　ははあ、では贅沢をするにはとうとう飽きてしまったと見えるな。」

老人は審（いぶか）しそうな眼つきをしながら、じっと杜子春の顔を見つめました。

「何、贅沢に飽きたのじゃありません。人間というものに愛想がつきたのです。」

杜子春は不平そうな顔をしながら、突慳貪（つけんどん）にこう言いました。

「それは面白いな。どうして又人間に愛想が尽きたのだ？」

「人間は皆薄情です。私が大金持になった時には、世辞も追従もしますけれど、一旦貧乏になって御覧なさい。柔（やさ）しい顔さえもして見せはしません。そんなことを考えると、たといもう一度大金持になった所が、何にもならないような気がするのです。」

老人は杜子春の言葉を聞くと、急ににやにや笑い出しました。

「そうか。いや、お前は若い者に似合わず、感心に物のわかる男だ。ではこれからは貧乏をしても、安らかに暮して行くつもりか。」

杜子春はちょいとためらいました。が、すぐに思い切った眼を挙げると、訴えるように老人の顔を見ながら、

「それも今の私には出来ません。ですから私はあなたの弟子になって、仙術の修業をしたいと思うのです。いいえ、隠してはいけません。あなたは

道徳の高い仙人でしょう。仙人でなければ、一夜の内に私を天下第一の大金持にすることは出来ない筈です。どうか私の先生になって、不思議な仙術を教えて下さい。」

老人は眉をひそめた儘、暫くは黙って、何事か考えているようでしたが、やがて又にっこり笑いながら、

「いかにもおれは峨眉山（がびさん）に棲んでいる、鉄冠子（てっかんし）という仙人だ。始めお前

の顔を見た時、どこか物わかりが好さそうだったから、二度まで大金持にしてやったのだが、それ程仙人になりたければ、おれの弟子にとり立ててやろう。」と、快く願を容れてくれました。

杜子春は喜んだの、喜ばないのではありません。老人の言葉がまだ終らない内に、彼は大地に額をつけて、何度も鉄冠子に御時宜（おじぎ）をしました。

「いや、そう御礼などは言って貰うまい。いくらおれの弟子にした所で、立派な仙人になれるかなれないかは、お前次第できまることだからな。――が、兎も角もまずおれと一しょに、峨眉山の奥へ来て見るが好い。おお、幸、ここに竹杖が一本落ちている。では早速これへ乗って、一飛びに空を渡るとしよう。」

鉄冠子はそこにあった青竹を一本拾い上げると、口の中に呪文を唱えながら、杜子春と一しょにその竹へ、馬にでも乗るように跨りました。すると不思議ではありませんか。竹杖は忽ち竜のように、勢よく大空へ舞い上って、晴れ渡った春の夕空を峨眉山の方角へ飛んで行きました。

杜子春は胆をつぶしながら、恐る恐る下を見下しました。が、下には唯青い山々が夕明りの底に見えるばかりで、あの洛陽の都の西の門は、（とうに霞に紛れたのでしょう。）どこを探しても見当りません。その内に鉄冠子は、白い鬢（びん）の毛を風に吹かせて、高らかに歌を唱い出しました。

朝（あした）に北海に遊び、暮には蒼梧（そうご）。
袖裏（しゅうり）の青蛇（せいだ）、胆気粗なり。
三たび嶽陽（がくよう）に入れども、人識らず。
朗吟して、飛過（ひか）す洞庭湖。

四

二人を乗せた青竹は、間もなく峨眉山へ舞い下りました。

そこは深い谷に臨んだ、幅の広い一枚岩の上でしたが、よくよく高い所だと見えて、中空に垂れた北斗の星が、茶碗程の大きさに光っていました。元より人跡の絶えた山ですから、あたりはしんと静まり返って、やっと耳にはいるものは、後の絶壁に生えている、曲りくねった一株の松が、こうこうと夜風に鳴る音だけです。

二人がこの岩の上に来ると、鉄冠子は杜子春を

絶壁の下に坐らせて、

「おれはこれから天上へ行って、西王母（せいおうぼ）に御眼にかかって来るから、お前はその間ここに坐って、おれの帰るのを待っているが好い。多分おれがいなくなると、いろいろな魔性が現れて、お前をたぶらかそうとするだろうが、たといどんなことが起ろうとも、決して声を出すのではないぞ。もし一言でも口を利いたら、お前は到底仙人にはなれないものだと覚悟をしろ。好いか。

天地が裂けても、黙っているのだぞ。」と言いました。

「大丈夫です。決して声なぞは出しはしません。命がなくなっても、黙っています。」

「そうか。それを聞いて、おれも安心した。ではおれは行って来るから。」

老人は杜子春に別れを告げると、又あの竹杖に跨って、夜目にも削ったような山々の空へ、一文字に消えてしまいました。

杜子春はたった一人、岩の上に坐った儘、静に星を眺めていました。すると彼是（かれこれ）半時ばかり経って、深山の夜気が肌寒く薄い着物に透り出した頃、突然空中に声があって、

「そこにいるのは何者だ。」と叱りつけるではありませんか。

しかし杜子春は仙人の教通り、何とも返事をしずにいました。

所が又暫くすると、やはり同じ声が響いて、

「返事をしないと立ち所に、命はないものと覚悟しろ。」と、いかめしく嚇(おど)しつけるのです。

杜子春は勿論黙っていました。

と、どこから登って来たか、爛々（らんらん)と眼を光らせた虎が一匹、忽然と岩の上に躍り上って、杜子春の姿を睨みながら、一声高く哮(たけ)りました。のみならずそれと同時に、頭の上の松の枝が、烈しくざわざわ揺れたと思うと、後の絶壁の頂からは、四斗樽程の白蛇が一匹、炎のような舌を吐いて、見る見る近くへ下りて来るのです。杜子春はしかし平然と、眉毛も動かさずに坐っていました。

虎と蛇とは、一つ餌食を狙って、互に隙でも窺うのか、暫くは睨合いの体でしたが、やがてどちらが先ともなく、一時に杜子春に飛びかかりました。が、虎の牙に噛まれるか、蛇の舌に呑まれるか、杜子春の命は瞬く内に、なくなってしまうと思った時、虎と蛇とは霧の如く、夜風と共に消え失せて、後には唯、絶壁の松が、さっきの通りこうこうと枝を鳴らしているばかりなのです。杜子春はほっと一息しながら、今度はどんなことが起るかと、心待ちに待っていました。

すると一陣の風が吹き起って、墨のような黒雲が一面にあたりをとざすや否や、うす紫の稲妻がやにわに闇を二つに裂いて、凄じく雷が鳴り出しました。いや、雷ばかりではありません。それと一しょに瀑（たき）のような雨も、いきなりどうどうと降り出したのです。杜子春はこの天変の中に、恐れ気もなく坐っていました。風の音、雨のしぶき、それから絶え間ない稲妻の光、――暫くはさすがの峨眉山も、覆るかと思う位でしたが、その内に耳をもつんざく程、大きな雷鳴が轟いたと思うと、空に渦巻いた黒雲の中から、まっ赤な一本の火柱が、杜子春の頭へ落ちかかりました。

杜子春は思わず耳を抑えて、一枚岩の上へひれ伏しました。が、すぐに眼を開いて見ると、空は以前の通り晴れ渡って、向うに聳えた山山の上にも、茶碗程の北斗の星が、やはりきらきら輝いています。して見れば今の大あらしも、あの虎や白蛇と同じように、鉄冠子の留守をつけこんだ、魔性の悪戯に違いありません。杜子春は漸く安心して、額の冷汗を拭いながら、又岩の上に坐り直しました。

が、そのため息がまだ消えない内に、今度は彼の坐っている前へ、金の鎧を着下した、身の丈三丈もあろうという、厳かな神将が現れました。神将は手に三叉の戟（ほこ）を持っていましたが、いきなりその戟の切先を杜子春の胸もとへ向けながら、眼を嗔（いか）らせて叱りつけるのを聞けば、

「こら、その方は一体何物だ。この峨眉山という山は、天地開闢の昔から、おれが住居（すまい）をしている所だぞ。それも憚らずたった一人、ここへ足を踏み入れるとは、よもや唯の人間ではあるまい。さあ命が惜しかったら、一刻も早く返答し

ろ。」と言うのです。

しかし杜子春は老人の言葉通り、黙然と口を噤んでいました。

「返事をしないか。――しないな。好し。しなければ、しないで勝手にしろ。その代りおれの眷属(けんぞく)たちが、その方をずたずたに斬ってしまうぞ。」

神将は戟を高く挙げて、向うの山の空を招きました。その途端に闇がさっと裂けると、驚いたことには無数の神兵が、雲の如く空に充満(みちみ)ちて、それが皆槍や刀をきらめかせながら、今にもここへ一なだれに攻め寄せようとしているのです。

この景色を見た杜子春は、思わずあっと叫びそうにしましたが、すぐに又鉄冠子の言葉を思い出して、一生懸命に黙っていました。神将は彼が恐れないのを見ると、怒ったの怒らないのではありません。

「この剛情者め。どうしても返事をしなければ、約束通り命はとってやるぞ。」

神将はこう喚くが早いか、三叉の戟を閃かせて、一突きに杜子春を突き殺しました。そうして峨眉山もどよむ程、からからと高く笑いながら、どこともなく消えてしまいました。勿論この時はもう無数の神兵も、吹き渡る夜風の音と一しょに、夢のように消え失せた後だったのです。

北斗の星は又寒そうに、一枚岩の上を照らし始めました。絶壁の松も前に変らず、こうこうと枝を鳴らせています。が、杜子春はとうに息が絶えて、仰向けにそこへ倒れていました。

五

杜子春の体は岩の上へ、仰向けに倒れていましたが、杜子春の魂は、静に体から抜け出して、地獄の底へ下りて行きました。

この世と地獄との間には、闇穴道（あんけつどう）という道があって、そこは年中暗い空に、氷のような冷たい風がぴゅうぴゅう吹き荒（すさ）んでいるのです。杜子春はその風に吹かれながら、暫くは唯（ただ）木の葉のように、空を漂って行きましたが、やがて森羅殿という額の懸った立派な御殿の前へ出ました。

御殿の前にいた大勢の鬼は、杜子春の姿を見るや否や、すぐにそのまわりを取り捲いて、階（きざはし）の前へ引き据えました。階の上には一人の王様が、まっ黒な袍（きもの）に金の冠をかぶって、いかめしくあたりを睨んでいます。これは兼ねて噂に聞いた、閻魔大王に違いありません。杜子春はどうなることかと思いながら、恐る恐るそこへ跪いていました。

「こら、その方は何の為に、峨眉山の上へ坐っていた？」

閻魔大王の声は雷のように、階の上から響きました。杜子春は早速その問に答えようとしましたが、ふと又思い出したのは、「決して口を利くな。」という鉄冠子の戒めの言葉です。そこで唯頭を垂れた儘、唖のように黙っていました。すると閻魔大王は、持っていた鉄の笏を挙げて、顔中の鬚（ひげ）を逆立てながら、

「その方はここをどこだと思う？　速（すみやか）に返答をすれば好し、さもなければ時を移さず、地獄の呵責に遇わせてくれるぞ。」と、威丈高

に罵りました。

が、杜子春は相変らず唇一つ動かしません。それを見た閻魔大王は、すぐに鬼どもの方を向いて、荒々しく何か言いつけると、鬼どもは一度に畏って、忽ち杜子春を引き立てながら、森羅殿の空へ舞い上りました。

地獄には誰でも知っている通り、剣の山や血の池の外にも、焦熱地獄という焔の谷や極寒地獄という氷の海が、真暗な空の下に並んでいます。鬼どもはそういう地獄の中へ、代る代る杜子春を抛（ほう）りこみました。ですから杜子春は無残にも、剣に胸を貫かれるやら、焔に顔を焼かれるやら、舌を抜かれるやら、皮を剥がれるやら、鉄の杵に撞かれるやら、油の鍋に煮られるやら、毒蛇に脳味噌を吸われるやら、熊鷹に眼を食われるやら、——その苦しみを数え立てていては、到底際限がない位、あらゆる責苦に遇わされたのです。それでも杜子春は我慢強く、じっと歯を食いしばった儘、一言も口を利きませんでした。

これにはさすがの鬼どもも、呆れ返ってしまったのでしょう。もう一度夜のような空を飛んで、森羅殿の前へ帰って来ると、さっきの通り杜子春を階の下に引き据えながら、御殿の上の閻魔大王に、

「この罪人はどうしても、ものを言う気色がございません。」と、口を揃えて言上しました。

閻魔大王は眉をひそめて、暫く思案に暮れてい

ましたが、やがて何か思いついたと見えて、

「この男の父母は、畜生道に落ちている筈だから、早速ここへ引き立てて来い。」と、一匹の鬼に云いつけました。

鬼は忽ち風に乗って、地獄の空へ舞い上りました。と思うと、又星が流れるように、二匹の獣を駆り立てながら、さっと森羅殿の前へ下りて来ました。その獣を見た杜子春は、驚いたの驚かないのではありません。なぜかといえばそれは二匹と

も、形は見すぼらしい痩せ馬でしたが、顔は夢にも忘れない、死んだ父母の通りでしたから。

「こら、その方は何のために、峨眉山の上に坐っていたか、まっすぐに白状しなければ、今度はその方の父母に痛い思いをさせてやるぞ。」

杜子春はこう嚇されても、やはり返答をしずにいました。

「この不孝者めが。その方は父母が苦しんでも、その方さえ都合が好ければ、好いと思っているのだな。」

閻魔大王は森羅殿も崩れる程、凄じい声で喚きました。

「打て。鬼ども。その二匹の畜生を、肉も骨も打ち砕いてしまえ。」

鬼どもは一斉に「はっ」と答えながら、鉄の鞭をとって立ち上ると、四方八方から二匹の馬を、未練未釈（みしゃく）なく打ちのめしました。鞭はりゅうりゅうと風を切って、所嫌わず雨のように、

馬の皮肉を打ち破るのです。馬は、――畜生にな
った父母は、苦しそうに身を悶えて、眼には血の
涙を浮べた儘、見てもいられない程嘶（いなな）き
立てました。

「どうだ。まだその方は白状しないか。」
閻魔大王は鬼どもに、暫く鞭の手をやめさせて、
もう一度杜子春の答を促しました。もうその時に
は二匹の馬も、肉は裂け骨は砕けて、息も絶え絶
えに階の前へ、倒れ伏していたのです。

杜子春は必死になって、鉄冠子の言葉を思い出しながら、緊（かた）く眼をつぶっていました。するとその時彼の耳には、殆（ほとんど）声とはいえない位、かすかな声が伝わって来ました。

「心配をおしでない。私たちはどうなっても、お前さえ仕合せになれるのなら、それより結構なことはないのだからね。大王が何と仰っても、言いたくないことは黙って御出で。」

それは確に懐しい、母親の声に違いありません。杜子春は思わず、眼をあきました。そうして馬の一匹が、力なく地上に倒れた儘、悲しそうに彼の顔へ、じっと眼をやっているのを見ました。母親はこんな苦しみの中にも、息子の心を思いやって、鬼どもの鞭に打たれたことを、怨む気色さえも見せないのです。大金持になれば御世辞を言い、貧乏人になれば口も利かない世間の人たちに比べると、何という有難い志でしょう。何という健気な決心でしょう。杜子春は老人の戒めも忘れて、転ぶようにその側へ走りよると、両手に半死の馬の頸を抱いて、はらはらと涙を落しながら、「お母さん。」と一声を叫びました。……

六

その声に気がついて見ると、杜子春はやはり夕日を浴びて、洛陽の西の門の下に、ぼんやり佇んでいるのでした。霞んだ空、白い三日月、絶え間ない人や車の波、――すべてがまだ峨眉山へ、行かない前と同じことです。

「どうだな。おれの弟子になった所が、とても仙人にはなれはすまい。」

片目眇の老人は微笑を含みながら言いました。

「なれません。なれませんが、しかし私はなれなかったことも、反(かえ)って嬉しい気がするのです。」

杜子春はまだ眼に涙を浮べた儘、思わず老人の手を握りました。

「いくら仙人になれた所が、私はあの地獄の森羅殿の前に、鞭を受けている父母を見ては、黙っている訳には行きません。」

「もしお前が黙っていたら――」と鉄冠子は急に厳（おごそか）な顔になって、じっと杜子春を見つめました。

「もしお前が黙っていたら、おれは即座にお前の命を絶ってしまおうと思っていたのだ。――お前はもう仙人になりたいという望も持っていまい。大金持になることは、元より愛想がつきた筈だ。ではお前はこれから後、何になったら好いと思うな。」

「何になっても、人間らしい、正直な暮しをするつもりです。」

杜子春の声には今までにない晴れ晴れした調子が罩（こも）っていました。

「その言葉を忘れるなよ。ではおれは今日限り、二度とお前には遇わないから。」

　鉄冠子はこう言う内に、もう歩き出していましたが、急に又足を止めて、杜子春の方を振り返ると、

「おお、幸（さいわい）、今思い出したが、おれは泰山の南の麓に一軒の家を持っている。その家を畑ごとお前にやるから、早速行って住まうが好い。今頃は丁度家のまわりに、桃の花が一面に咲いているだろう。」と、さも愉快そうにつけ加えました。

蜘蛛の糸

一

　ある日の事でございます。御釈迦様（おしゃかさま）は極楽の蓮池のふちを、独りでぶらぶら御歩きになっていらっしゃいました。池の中に咲いている蓮の花は、みんな玉のようにまっ白で、そのまん中にある金色の蕊（ずい）からは、何とも云えない好い匂（におい）が、絶間なくあたりへ溢れて居ります。極楽は丁度朝なのでございましょう。

やがて御釈迦様はその池のふちに御佇みになって、水の面を蔽っている蓮の葉の間から、ふと下の容子を御覧になりました。この極楽の蓮池の下は、丁度地獄の底に当って居りますから、水晶のような水を透き徹して、三途の河や針の山の景色が、丁度覗き眼鏡を見るように、はっきりと見えるのでございます。

するとその地獄の底に、犍陀多（かんだた）と云う男が一人、ほかの罪人と一しょに蠢いている姿が、御眼に止まりました。この犍陀多と云う男は、人を殺したり家に火をつけたり、いろいろ悪事を働いた大泥坊でございますが、それでもたった一つ、善い事を致した覚えがございます。と申しますのは、ある時この男が深い林の中を通りますと、小さな蜘蛛が一匹、路ばたを這って行くのが見えました。そこで犍陀多は早速足を挙げて、踏み殺そうと致しましたが、「いや、いや、これも小さいながら、命のあるものに違いない。その命を無暗にとると云う事は、いくら何でも可哀そうだ。」と、こう急に思い返して、とうとうその蜘蛛を殺さずに助けてやったからでございます。

御釈迦様は地獄の容子を御覧になりながら、この犍陀多には蜘蛛を助けた事があるのを御思い出しになりました。そうしてそれだけの善い事をした報（むくい）には、出来るなら、この男を地獄から救い出してやろうと御考えになりました。幸い、側を見ますと、翡翠のような色をした蓮の葉の上に、極楽の蜘蛛が一匹、美しい銀色の糸をかけて居ります。御釈迦様はその蜘蛛の糸をそっと御手に御取りになって、玉のような白蓮の間から、遥か下にある地獄の底へ、まっすぐにそれを御下しなさいました。

二

　こちらは地獄の底の血の池で、ほかの罪人と一しょに、浮いたり沈んだりしていた犍陀多でございます。何しろどちらを見ても、まっ暗で、たまにそのくら暗（やみ）からぼんやり浮き上っているものがあると思いますと、それは恐しい針の山の針が光るのでございますから、その心細さと云ったらございません。その上あたりは墓の中のようにしんと静まり返って、たまに聞えるものと云っては、ただ罪人がつく微（かすか）な嘆息ばかりでございます。これはここへ落ちて来るほどの人間は、もうさまざまな地獄の責苦に疲れはてて、泣声を出す力さえなくなっているのでございましょう。ですからさすが大泥坊の犍陀多も、やはり血の池の血に咽(むせ)びながら、まるで死にかかった蛙のように、ただもがいてばかり居りました。

ところがある時の事でございます。何気なく犍陀多が頭を挙げて、血の池の空を眺めますと、そのひっそりとした暗の中を、遠い遠い天上から、銀色の蜘蛛の糸が、まるで人目にかかるのを恐れるように、一すじ細く光りながら、するすると自分の上へ垂れて参るのではございませんか。犍陀多はこれを見ると、思わず手を拍って喜びました。この糸に縋りついて、どこまでものぼって行けば、きっと地獄からぬけ出せるのに相違ございません。いや、うまく行くと、極楽へはいる事さえも出来ましょう。そうすれば、もう針の山へ追い上げられる事もなくなれば、血の池に沈められる事もある筈はございません。

　こう思いましたからは、早速その蜘蛛の糸を両手でしっかりとつかみながら、一生懸命に上へ上へとたぐりのぼり始めました。元より大泥坊の事でございますから、こう云う事には昔から、慣れ切っているのでございます。

　しかし地獄と極楽との間は、何万里となくございますから、いくら焦って見た所で、容易に上へは出られません。ややしばらくのぼる中（うち）に、とうとう犍陀多もくたびれて、もう一たぐりも上の方へはのぼれなくなってしまいました。そこで仕方がございませんから、まず一休み休むつもりで、糸の中途にぶら下りながら、遥かに目の下を見下しました。

　すると、一生懸命にのぼった甲斐があって、さっきまで自分がいた血の池は、今ではもう暗の底にいつの間にかかくれて居ります。それからあのぼんやり光っている恐しい針の山も、足の下になってしまいました。この分でのぼって行けば、地獄からぬけ出すのも、存外わけがないかも知れません。犍陀多は両手を蜘蛛の糸にからみながら、ここへ来てから何年にも出した事のない声で、「しめた。しめた。」と笑いました。ところがふと気がつきますと、蜘蛛の糸の下の方には、数限（かずかぎり）もない罪人たちが、自分ののぼった後をつけて、まるで蟻の行列のように、やはり上へ上へ一心によじのぼって来るではございませんか。犍陀多はこれを見ると、驚いたのと恐しいのとで、しばらくはただ、莫迦のように大きな口を開いたまま、眼ばかり動かして居りました。自分一人でさえ断（き）れそうな、この細い蜘蛛の糸が、どうしてあれだけの人数の重みに堪える事が出来ましょう。もし万一途中で断れたと致しましたら、折角ここへまでのぼって来たこの肝腎な自分までも、元の地獄へ逆落しに落ちてしまわなければなりません。そんな事があったら、大変でございます。

が、そう云う中にも、罪人たちは何百となく何千となく、まっ暗な血の池の底から、うようよと這い上って、細く光っている蜘蛛の糸を、一列になりながら、せっせとのぼって参ります。今の中にどうかしなければ、糸はまん中から二つに断れて、落ちてしまうのに違いありません。

　そこで犍陀多は大きな声を出して、「こら、罪人ども。この蜘蛛の糸は己のものだぞ。お前たちは一体誰に尋（き）いて、のぼって来た。下りろ。下りろ。」と喚きました。

　その途端でございます。今まで何ともなかった蜘蛛の糸が、急に犍陀多のぶら下っている所から、ぷつりと音を立てて断れました。ですから犍陀多もたまりません。あっと云う間もなく風を切って、独楽のようにくるくるまわりながら、見る見る中に暗の底へ、まっさかさまに落ちてしまいました。

　後にはただ極楽の蜘蛛の糸が、きらきらと細く光りながら、月も星もない空の中途に、短く垂れているばかりでございます。

三

御釈迦様は極楽の蓮池のふちに立って、この一部始終をじっと見ていらっしゃいましたが、やがて犍陀多が血の池の底へ石のように沈んでしまいますと、悲しそうな御顔をなさりながら、またぶらぶらぶら御歩きになり始めました。自分ばかり地獄からぬけ出そうとする、犍陀多の無慈悲な心が、そうしてその心相当な罰をうけて、元の地獄へ落ちてしまったのが、御釈迦様の御目から見ると、浅間しく思召されたのでございましょう。

しかし極楽の蓮池の蓮は、少しもそんな事には頓着致しません。その玉のような白い花は、御釈迦様の御足のまわりに、ゆらゆら萼（うてな）を動かして、そのまん中にある金色の蕊からは、何とも云えない好い匂が、絶間なくあたりへ溢れて居ります。極楽ももう午（ひる）に近くなったのでございましょう。

魔術

　ある時雨の降る晩のことです。私を乗せた人力車は、何度も大森界隈の険しい坂を上ったり下りたりして、やっと竹藪に囲まれた、小さな西洋館の前に梶棒を下しました。もう鼠色のペンキの剥げかかった、狭苦しい玄関には、車夫の出した提灯の明りで見ると、印度人マティラム・ミスラと日本字で書いた、これだけは新しい、瀬戸物の標札がかかっています。

マティラム・ミスラ君と云えば、もう皆さんの中にも、御存じの方が少くないかも知れません。ミスラ君は永年印度の独立を計っているカルカッタ生れの愛国者で、同時にまたハッサン・カンという名高い婆羅門の秘法を学んだ、年の若い魔術の大家なのです。私はちょうど一月ばかり以前から、ある友人の紹介でミスラ君と交際していましたが、政治経済の問題などはいろいろ議論したことがあっても、肝腎の魔術を使う時には、まだ一度も居合せたことがありません。そこで今夜は前以て、魔術を使って見せてくれるように、手紙で頼んで置いてから、当時ミスラ君の住んでいた、寂しい大森の町はずれまで、人力車を急がせて来たのです。

私は雨に濡れながら、覚束ない車夫の提灯の明りを便りにその標札の下にある呼鈴の釦（ボタン）を押しました。すると間もなく戸が開いて、玄関へ顔を出したのは、ミスラ君の世話をしている、背の低い日本人の御婆さんです。

「ミスラ君は御出でですか。」

「いらっしゃいます。先ほどからあなた様を御待ち兼ねでございました。」

御婆さんは愛想よくこう言いながら、すぐその玄関のつきあたりにある、ミスラ君の部屋へ私を案内しました。

「今晩は、雨の降るのによく御出ででした。」

色のまっ黒な、眼の大きい、柔（やわらか）な口髭のあるミスラ君は、テエブルの上にある石油ランプの心を撚りながら、元気よく私に挨拶しました。

「いや、あなたの魔術さえ拝見出来れば、雨くらいは何ともありません。」

私は椅子に腰かけてから、うす暗い石油ランプの光に照された、陰気な部屋の中を見廻しました。

ミスラ君の部屋は質素な西洋間で、まん中にテエブルが一つ、壁際に手ごろな書棚が一つ、それから窓の前に机が一つ——ほかにはただ我々の腰をかける、椅子が並んでいるだけです。しかもその椅子や机が、みんな古ぼけた物ばかりで、縁へ赤く花模様を織り出した、派手なテエブル掛でさえ、今にもずたずたに裂けるかと思うほど、糸目が露（あらわ）になっていました。

私たちは挨拶をすませてから、しばらくは外の竹藪に降る雨の音を聞くともなく聞いていましたが、やがてまたあの召使いの御婆さんが、紅茶の

道具を持ってはいって来ると、ミスラ君は葉巻の箱の蓋を開けて、

「どうです。一本。」と勧めてくれました。

「難有（ありがと）う。」

私は遠慮なく葉巻を一本取って、燐寸の火をうつしながら、

「確かあなたの御使いになる精霊は、ジンとかいう名前でしたね。するとこれから私が拝見する魔術と言うのも、そのジンの力を借りてなさるので

すか。」

ミスラ君は自分も葉巻へ火をつけると、にやにや笑いながら、匂(におい)の好い煙を吐いて、

「ジンなどという精霊があると思ったのは、もう何百年も昔のことです。アラビヤ夜話の時代のこととでも言いましょうか。私がハッサン・カンから学んだ魔術は、あなたでも使おうと思えば使えますよ。高が進歩した催眠術に過ぎないのですから。――御覧なさい。この手をただ、こうしさえ

すれば好いのです。」

ミスラ君は手を挙げて、二三度私の眼の前へ三角形のようなものを描きましたが、やがてその手をテエブルの上へやると、縁へ赤く織り出した模様の花をつまみ上げました。私はびっくりして、思わず椅子をずりよせながら、よくよくその花を眺めましたが、確かにそれは今の今まで、テエブル掛の中にあった花模様の一つに違いありません。が、ミスラ君がその花を私の鼻の先へ持って来ると、ちょうど麝香（じゃこう）か何かのように重苦しい匂さえするのです。私はあまりの不思議さに、何度も感嘆の声を洩しますと、ミスラ君はやはり微笑したまま、また無造作にその花をテエブル掛の上へ落しました。勿論落すともとの通り花は織り出した模様になって、つまみ上げることは所か、花びら一つ自由には動かせなくなってしまうのです。

「どうです。訳はないでしょう。今度は、このランプを御覧なさい。」

ミスラ君はこう言いながら、ちょいとテエブルの上のランプを置き直しましたが、その拍子にどういう訳か、ランプはまるで独楽のように、ぐるぐる廻り始めました。それもちゃんと一所に止ったまま、ホヤを心棒のようにして、勢いよく廻り始めたのです。初（はじめ）の内は私も胆をつぶして、万一火事にでもなっては大変だと、何度もひやひやしましたが、ミスラ君は静に紅茶を飲みながら、一向騒ぐ容子もありません。そこで私もしまいには、すっかり度胸が据ってしまって、だんだん早くなるランプの運動を、眼も離さず眺めていました。

また実際ランプの蓋（かさ）が風を起して廻る中に、黄いろい焔がたった一つ、瞬きもせずにともっているのは、何とも言えず美しい、不思議な見物だったのです。が、その内にランプの廻るのが、いよいよ速（すみやか）になって行って、とうとう廻っているとは見えないほど、澄み渡ったと思いますと、いつの間にか、前のようにホヤ一つ歪んだ気色もなく、テエブルの上に据っていました。

「驚きましたか。こんなことはほんの子供瞞（だま）しですよ。それともあなたが御望みなら、もう一つ何か御覧に入れましょう。」

ミスラ君は後を振返って、壁側の書棚を眺めましたが、やがてその方へ手をさし伸ばして、招くように指を動かすと、今度は書棚に並んでいた書物が一冊ずつ動き出して、自然にテエブルの上まで飛んで来ました。そのまた飛び方が両方へ表紙を開いて、夏の夕方に飛び交う蝙蝠のように、ひらひらと宙へ舞上るのです。私は葉巻を口へ啣(くわ)えたまま、呆気にとられて見ていましたが、書物はうす暗いランプの光の中に何冊も自由に飛び廻って、一々行儀よくテエブルの上へピラミッド形に積み上りました。しかも残らずこちらへ移ってしまったと思うと、すぐに最初来たのから動き出して、もとの書棚へ順々に飛び還って行くじゃありませんか。

が、中でも一番面白かったのは、うすい仮綴じの書物が一冊、やはり翼のように表紙を開いて、ふわりと空へ上りましたが、しばらくテエブルの上で輪を描いてから、急に頁をざわつかせると、逆落しに私の膝へさっと下りて来たことです。どうしたのかと思って手にとって見ると、これは私が一週間ばかり前にミスラ君へ貸した覚えがある、仏蘭西の新しい小説でした。

「永々御本を難有う。」

ミスラ君はまだ微笑を含んだ声で、こう私に礼を言いました。勿論その時はもう多くの書物が、みんなテエブルの上から書棚の中へ舞い戻ってしまっていたのです。私は夢からさめたような心もちで、暫時は挨拶さえ出来ませんでしたが、その内にさっきミスラ君の言った、「私の魔術などというものは、あなたでも使おうと思えば使えるので

す。」という言葉を思い出しましたから、

「いや、兼ね兼ね評判はうかがっていましたが、あなたのお使いなさる魔術が、これほど不思議なものだろうとは、実際、思いもよりませんでした。ところで私のような人間にも、使って使えないことのないと言うのは、御冗談ではないのですか。」

「使えますとも。誰にでも造作なく使えます。ただ――」と言いかけてミスラ君はじっと私の顔を眺めながら、いつになく真面目な口調になって、

「ただ、欲のある人間には使えません。ハッサン・カンの魔術を習おうと思ったら、まず欲を捨てることです。あなたにはそれが出来ますか。」

「出来るつもりです。」

私はこう答えましたが、何となく不安な気もしたので、すぐにまた後から言葉を添えました。

「魔術さえ教えて頂ければ。」

それでもミスラ君は疑わしそうな眼つきを見せましたが、さすがにこの上念を押すのは無躾だと

でも思ったのでしょう。やがて大様（おおよう）に頷きながら、

「では教えて上げましょう。が、いくら造作なく使えると言っても、習うのには暇もかかりますから、今夜は私の所へ御泊りなさい。」

「どうもいろいろ恐れ入ります。」

私は魔術を教えて貰う嬉しさに、何度もミスラ君へ御礼を言いました。が、ミスラ君はそんなことに頓着する気色もなく、静に椅子から立上ると、

「御婆サン。御婆サン。今夜ハ御客様ガ御泊リニナルカラ、寝床ノ仕度ヲシテ置イテオクレ。」

私は胸を躍らしながら、葉巻の灰をはたくのも忘れて、まともに石油ランプの光を浴びた、親切そうなミスラ君の顔を思わずじっと見上げました。

＊　＊　＊

私がミスラ君に魔術を教わってから、一月ばかりたった後のことです。これもやはりざあざあ雨の降る晩でしたが、私は銀座のある倶楽部の一室で、五六人の友人と、暖炉の前へ陣取りながら、気軽な雑談に耽っていました。

何しろここは東京の中心ですから、窓の外に降る雨脚も、しっきりなく往来する自働車や馬車の屋根を濡らすせいか、あの、大森の竹藪にしぶくような、ものさびしい音は聞えません。

勿論窓の内の陽気なことも、明い電燈の光と言い、大きなモロッコ皮の椅子と言い、あるいはまた滑かに光っている寄木細工の床と言い、見るから精霊でも出て来そうな、ミスラ君の部屋などとは、まるで比べものにはならないのです。

私たちは葉巻の煙の中に、しばらくは猟の話だの競馬の話だのをしていましたが、その内に一人の友人が、吸いさしの葉巻を暖炉の中に抛りこんで、私の方へ振り向きながら、

「君は近頃魔術を使うという評判だが、どうだい。今夜は一つ僕たちの前で使って見せてくれないか。」

「好いとも。」

私は椅子の背に頭を靠（もた）せたまま、さも魔術の名人らしく、横柄にこう答えました。

「じゃ、何でも君に一任するから、世間の手品師などには出来そうもない、不思議な術を使って見せてくれ給え。」

友人たちは皆賛成だと見えて、てんでに椅子をすり寄せながら、促すように私の方を眺めました。

そこで私は徐（おもむろ）に立ち上って、

「よく見ていてくれ給えよ。僕の使う魔術には、種も仕掛もないのだから。」

私はこう言いながら、両手のカフスをまくり上げて、暖炉の中に燃え盛っている石炭を、無造作に掌の上へすくい上げました。私を囲んでいた友人たちは、これだけでも、もう荒肝を挫（ひし）がれたのでしょう。皆顔を見合せながらうっかり側へ寄って火傷でもしては大変だと、気味悪るそうにしりごみさえし始めるのです。

　そこで私の方はいよいよ落着き払って、その掌の上の石炭の火を、しばらく一同の眼の前へつきつけてから、今度はそれを勢いよく寄木細工の床へ撒き散らしました。その途端です、窓の外に降る雨の音を圧して、もう一つ変った雨の音が俄に床の上から起ったのは。と言うのはまっ赤な石炭の火が、私の掌を離れると同時に、無数の美しい金貨になって、雨のように床の上へこぼれ飛んだからなのです。

友人たちは皆夢でも見ているように、茫然と喝采するのさえも忘れていました。

「まずちょいとこんなものさ。」

私は得意の微笑を浮べながら、静にまた元の椅子に腰を下しました。

「こりゃ皆ほんとうの金貨かい。」

呆気にとられていた友人の一人が、ようやくこう私に尋ねたのは、それから五分ばかりたった後のことです。

「ほんとうの金貨さ。嘘だと思ったら、手にとって見給え。」

「まさか火傷をするようなことはあるまいね。」

友人の一人は恐る恐る、床の上の金貨を手にとって見ましたが、

「成程こりゃほんとうの金貨だ。おい、給仕、箒と塵取りとを持って来て、これを皆掃き集めてくれ。」

給仕はすぐに言いつけられた通り、床の上の金

貨を掃き集めて、堆（うずたか）く側のテエブルへ盛り上げました。友人たちは皆そのテエブルのまわりを囲みながら、

「ざっと二十万円くらいはありそうだね。」

「いや、もっとありそうだ。華奢なテエブルだった日には、つぶれてしまうくらいあるじゃないか。」

「何しろ大した魔術を習ったものだ。石炭の火がすぐに金貨になるのだから。」

「これじゃ一週間とたたない内に、岩崎や三井

にも負けないような金満家になってしまうだろう。」などと、口々に私の魔術を褒めそやしました。が、私はやはり椅子によりかかったまま、悠然と葉巻の煙を吐いて、

「いや、僕の魔術というやつは、一旦欲心を起したら、二度と使うことが出来ないのだ。だからこの金貨にしても、君たちが見てしまった上は、すぐにまた元の暖炉の中へ抛（ほう）りこんでしまおうと思っている。」

友人たちは私の言葉を聞くと、言い合せたように、反対し始めました。これだけの大金を元の石炭にしてしまうのは、もったいない話だと言うのです。が、私はミスラ君に約束した手前もありますから、どうしても暖炉に抛りこむと、剛情に友人たちと争いました。すると、その友人たちの中でも、一番狡猾だという評判のあるのが、鼻の先で、せせら笑いながら、

「君はこの金貨を元の石炭にしようと言う。僕た

ちはまたしたくないと言う。それじゃいつまでたった所で、議論が干（ひ）ないのは当り前だろう。そこで僕が思うには、この金貨を元手にして、君が僕たちと骨牌（かるた）をするのだ。そうしてもし君が勝ったなら、石炭にするとも何にするとも、自由に君が始末するが好い。が、もし僕たちが勝ったなら、金貨のまま僕たちへ渡し給え。そうすれば御互の申し分も立って、至極満足だろうじゃないか。」

　それでも私はまだ首を振って、容易にその申し出しに賛成しようとはしませんでした。所がその友人は、いよいよ嘲るような笑を浮べながら、私とテエブルの上の金貨とを狡るそうにじろじろ見比べて、

「君が僕たちと骨牌をしないのは、つまりその金貨を僕たちに取られたくないと思うからだろう。それなら魔術を使うために、欲心を捨てたとか何とかいう、折角の君の決心も怪しくなってくる訳

じゃないか。」

「いや、何も僕は、この金貨が惜しいから石炭にするのじゃない。」

「それなら骨牌をやり給えな。」

何度もこういう押問答を繰返した後で、とうとう私はその友人の言葉通り、テエブルの上の金貨を元手に、どうしても骨牌を闘わせなければならない羽目に立ち至りました。勿論友人たちは皆大喜びで、すぐにトランプを一組取り寄せると、部屋の片隅にある骨牌机を囲みながら、まだためらい勝ちな私を早く早くと急(せ)き立てるのです。

　ですから私も仕方がなく、しばらくの間は友人たちを相手に、嫌々骨牌をしていました。が、どういうものか、その夜に限って、ふだんは格別骨牌上手でもない私が、嘘のようにどんどん勝つのです。するとまた妙なもので、始は気のりもしなかったのが、だんだん面白くなり始めて、ものの十分とたたない内に、いつか私は一切を忘れて、熱心に骨牌を引き始めました。

友人たちは、元より私から、あの金貨を残らず捲き上げるつもりで、わざわざ骨牌を始めたのですから、こうなると皆あせりにあせって、ほとんど血相さえ変るかと思うほど、夢中になって勝負を争い出しました。が、いくら友人たちが躍起となっても、私は一度も負けないばかりか、とうとうしまいには、あの金貨とほぼ同じほどの金高だけ、私の方が勝ってしまったじゃありませんか。

するとさっきの人の悪い友人が、まるで、気違いのような勢いで、私の前に、札をつきつけながら、

「さあ、引き給え。僕は僕の財産をすっかり賭ける。地面も、家作も、馬も、自働車も、一つ残らず賭けてしまう。その代り君はあの金貨のほかに、今まで君が勝った金をことごとく賭けるのだ。さあ、引き給え。」

私はこの刹那に欲が出ました。テエブルの上に積んである、山のような金貨ばかりか、折角私が

勝った金さえ、今度運悪く負けたが最後、皆相手の友人に取られてしまわなければなりません。のみならずこの勝負に勝ちさえすれば、私は向うの全財産を一度に手へ入れることが出来るのです。こんな時に使わなければどこに魔術などを教わった、苦心の甲斐があるのでしょう。そう思うと私は矢も楯もたまらなくなって、そっと魔術を使いながら、決闘でもするような勢いで、

「よろしい。まず君から引き給え。」

「九。」

「王様(キング)。」

　私は勝ち誇った声を挙げながら、まっ蒼になった相手の眼の前へ、引き当てた札を出して見せました。すると不思議にもその骨牌の王様が、まるで魂がはいったように、冠をかぶった頭を擡げて、ひょいと札の外へ体を出すと、行儀よく剣を持ったまま、にやりと気味の悪い微笑を浮べて、

「御婆サン。御婆サン。御客様ハ御帰リニナルソ

ウダカラ、寝床ノ仕度ハシナクテモ好イヨ。」

　と、聞き覚えのある声で言うのです。と思うと、どういう訳か、窓の外に降る雨脚までが、急にまたあの大森の竹藪にしぶくような、寂しいざんざ降りの音を立て始めました。

　ふと気がついてあたりを見廻すと、私はまだうす暗い石油ランプの光を浴びながら、まるであの骨牌の王様のような微笑を浮べているミスラ君と、向い合って坐っていたのです。

　私が指の間に挟んだ葉巻の灰さえ、やはり落ちずにたまっている所を見ても、私が一月ばかりたったと思ったのは、ほんの二三分の間に見た、夢だったのに違いありません。けれどもその二三分の短い間に、私がハッサン・カンの魔術の秘法を習う資格のない人間だということは、私自身にもミスラ君にも、明かになってしまったのです。私は恥しそうに頭を下げたまま、しばらくは口もきけませんでした。

「私の魔術を使おうと思ったら、まず欲を捨てなければなりません。あなたはそれだけの修業が出来ていないのです。」

ミスラ君は気の毒そうな眼つきをしながら、縁へ赤く花模様を織り出したテエブル掛の上に肘をついて、静にこう私をたしなめました。

煙草と悪魔

　煙草は、本来、日本になかった植物である。では、何時頃、舶載されたかと云うと、記録によって、年代が一致しない。或は、慶長年間と書いてあったり、或は天文年間と書いてあったりする。が、慶長十年頃には、既に栽培が、諸方に行われていたらしい。それが文禄年間になると、「きかぬものたばこの法度（はっと）銭法度、玉のみこえにげんたくの医者」と云う落首が出来た程、一般に喫煙が流行するようになった。――

　そこで、この煙草は、誰の手で舶載されたかと云うと、歴史家なら誰でも、葡萄牙（ポルトガル）人とか、西班牙（スペイン）人とか答える。が、それは必ずしも唯一の答ではない。その外にまだ、もう一つ、伝説としての答が残っている。それによると、煙草は、悪魔がどこからか持って来たのだそうである。そうして、その悪魔なるものは、天主教の伴天連（ばてれん）か（恐らくは、フランシス上人）がはるばる日本へつれて来たのだそうである。

　こう云うと、切支丹（きりしたん）宗門の信者は、彼等のパアテルを誣（し）いるものとして、自分を咎めようとするかも知れない。が、自分に云わせると、これはどうも、事実らしく思われる。何故と云えば、南蛮の神が渡来すると同時に、南蛮の悪魔が渡来すると云う事は――西洋の善が輸入されると同時に、西洋の悪が輸入されると云う事は、至極、当然な事だからである。

　しかし、その悪魔が実際、煙草を持って来たかどうか、それは、自分にも、保証する事が出来ない。尤もアナトオル・フランスの書いた物によると、悪魔は木犀草の花で、或坊さんを誘惑しようとした事があるそうである。して見ると、煙草を、日本へ持って来たと云う事も、満更嘘だとばかりは、云えないであろう。よし又それが嘘にしても、その嘘は又、或意味で、存外、ほんとうに近い事があるかも知れない。――自分は、こう云う考えで、煙草の渡来に関する伝説を、ここに書いて見る事にした。

＊　＊　＊

天文十八年、悪魔は、フランシス・ザヴイエルに伴（つ）いている伊留満（いるまん）の一人に化けて、長い海路を恙なく、日本へやって来た。この伊留満の一人に化けられたと云うのは、正物（しょうぶつ）のその男が、阿媽港（あまかわ）か何処かへ上陸している中に、一行をのせた黒船が、それとも知らずに出帆をしてしまったからである。そこで、それまで、帆桁へ尻尾をまきつけて、倒(さかさま)にぶら下りながら、私(ひそか)に船中の容子を窺っていた悪魔は、早速姿をその男に変えて、朝夕フランシス上人に、給仕する事になった。勿論、ドクトル・ファウストを尋ねる時には、赤い外套を着た立派な騎士に化ける位な先生の事だから、こんな芸当なぞは、何でもない。

所が、日本へ来て見ると、西洋にいた時に、マルコ・ポオロの旅行記で読んだのとは、大分、容子がちがう。第一、あの旅行記によると、国中至る処、黄金がみちみちているようであるが、どこを見廻しても、そんな景色はない。これなら、ちょいと礫(くるす)を爪でこすって、金(きん)にすれば、それでも可成、誘惑が出来そうである。それから、日本人は、真珠か何かの力で、起死回生の法を、心得ているそうであるが、それもマルコ・ポオロの嘘らしい。嘘なら、方々の井戸へ唾を吐いて、悪い病さえ流行らせれば、大抵の人間は、苦しまぎれに当来の波羅葦僧（はらいそ）なぞは、忘れてしまう。——フランシス上人の後へついて、殊勝らしく、そこいらを見物して歩きながら、悪魔は、私にこんな事を考えて、独り会心の微笑をもらしていた。

が、たった一つ、ここに困った事がある。こればかりは、流石の悪魔が、どうする訳にも行かない。と云うのは、まだフランシス・ザヴイエルが、日本へ来たばかりで、伝道も盛にならなければ、切支丹の信者も出来ないので、肝腎の誘惑する相手が、一人もいないと云う事である。これには、いくら悪魔でも、少からず、当惑した。第一、さしあたり退屈な時間を、どうして暮していいか、わからない。――

　そこで、悪魔は、いろいろ思案した末に、先（まず）園芸でもやって、暇をつぶそうと考えた。それには、西洋を出る時から、種々雑多な植物の種を、耳の穴の中へ入れて持っている。地面は、近所の畠でも借りれば、造作はない。その上、フランシス上人さえ、それは至極よかろうと、賛成した。勿論、上人は、自分についている伊留満の一人が、西洋の薬用植物か何かを、日本へ移植しようとしているのだと、思ったのである。

悪魔は、早速、鋤鍬（すきくわ）を借りて来て、路ばたの畠を、根気よく、耕しはじめた。

丁度水蒸気の多い春の始で、たなびいた霞の底からは、遠くの寺の鐘が、ぼうんと、眠むそうに、響いて来る、その鐘の音が、如何にも又のどかで、聞きなれた西洋の寺の鐘のように、いやに冴えて、かんと脳天へひびく所がない。――が、こう云う太平な風物の中にいたのでは、さぞ悪魔も、気が楽だろうと思うと、決してそうではない。

彼は、一度この梵鐘の音を聞くと、聖保羅（さんぽおろ）の寺の鐘を聞いたよりも、一層、不快そうに、顔をしかめて、むしょうに畑を打ち始めた。

何故かと云うと、こののんびりした鐘の音を聞いて、この曖々たる日光に浴していると、不思議に、心がゆるんで来る。善をしようと云う気にもならないと同時に、悪を行おうと云う気にもならずにしまう。これでは、折角、海を渡って、日本人を誘惑に来た甲斐がない。――掌に肉豆（まめ）がないので、イワンの妹に叱られた程、労働の嫌な悪魔が、こんなに精を出して、鍬を使う気になったのは、全く、このややもすれば、体にはいかかる道徳的の眠けを払おうとして、一生懸命になったせいである。

悪魔は、とうとう、数日の中に、畑打ちを完（おわ）って、耳の中の種を、その畦に播いた。

＊　＊　＊

それから、幾月かたつ中に、悪魔の播いた種は、芽を出し、茎をのばして、その年の夏の末には、幅の広い緑の葉が、もう残りなく、畑の土を隠してしまった。が、その植物の名を知っている者は、一人もない。フランシス上人が、尋ねてさえ、悪魔は、にやにや笑うばかりで、何とも答えずに、黙っている。

　その中に、この植物は、茎の先に、簇々（そうそう）として、花をつけた。漏斗のような形をした、うす紫の花である。悪魔には、この花のさいたのが、骨を折っただけに、大へん嬉しいらしい。そこで、彼は、朝夕の勤行をすましてしまうと、何時でも、その畑へ来て、余念なく培養につとめていた。

するとと、或日の事、（それは、フランシス上人が伝道の為に、数日間、旅行をした、その留守中の出来事である。）一人の牛商人が、一頭の黄牛（あめうし）をひいて、その畑の側を通りかかった。見ると、紫の花のむらがった畑の柵の中で、黒い僧服に、つばの広い帽子をかぶった、南蛮の伊留満が、しきりに葉へついた虫をとっている。牛商人は、その花があまり、珍しいので、思わず足を止めながら、笠をぬいで、丁寧にその伊留満へ声をかけた。

——もし、お上人様、その花は何でございます。

伊留満は、ふりむいた。鼻の低い、眼の小さな、如何にも、人の好さそうな紅毛（こうもう）である。

——これですか。

——さようでございます。

紅毛は、畑の柵によりかかりながら、頭をふった。そうして、なれない日本語で云った。

——この名だけは、御気の毒ですが、人には教えられません。

――はてな、すると、フランシス様が、云ってはならないとでも、仰有（おっしゃ）ったのでございますか。

――いいえ、そうではありません。

――では、一つお教え下さいませんか、手前も、近ごろはフランシス様の御教化をうけて、この通り御宗旨に、帰依して居りますのですから。

牛商人は、得意そうに自分の胸を指さした。見ると、成る程、小さな真鍮の十字架が、日に輝きながら、頸にかかっている。すると、それが眩しかったのか、伊留満はちょいと顔をしかめて、下を見たが、すぐに又、前よりも、人なつこい調子で、冗談ともほんとうともつかずに、こんな事を云った。

――それでも、いけませんよ。これは、私の国の掟で、人に話してはならない事になっているのですから。それより、あなたが、自分で一つ、あてごらんなさい。日本の人は賢いから、きっとあたります。あたったら、この畑にはえているものを、みんな、あなたにあげましょう。

牛商人は、伊留満が、自分をからかっているとでも思ったのであろう。彼は、日にやけた顔に、微笑を浮べながら、わざと大仰に、小首を傾けた。

――何でございますかな。どうも、殺急(さっきゅう)には、わかり兼ねますが。

――なに今日でなくっても、いいのです。三日の間に、よく考えてお出でなさい。誰かに聞いて来ても、かまいません。あたったら、これをみんなあげます。この外にも、珍陀（ちんた）の酒をあげましょう。それとも、波羅葦僧垤利阿利（はらいそてれある）の絵をあげますか。

牛商人は、相手があまり、熱心なのに、驚いたらしい。

——では、あたらなかったら、どう致しましょう。

伊留満は帽子をあみだに、かぶり直しながら、手を振って、笑った。牛商人が、聊（いささか）、意外に思った位、鋭い、鴉のような声で、笑ったのである。

――あたらなかったら、私があなたに、何かもらいましょう。賭です。あたるか、あたらないかの賭です。あたったら、これをみんな、あなたにあげますから。

こう云う中に紅毛は、何時か又、人なつこい声に、帰っていた。

――よろしゅうございます。では、私も奮発して、何でもあなたの仰有るものを、差上げましょう。

――何でもくれますか、その牛でも。

――これでよろしければ、今でも差上げます。

牛商人は、笑いながら、黄牛の額を、撫でた。彼はどこまでも、これを、人の好い伊留満の、冗談だと思っているらしい。

――その代り、私が勝ったら、その花のさく草を頂きますすよ。

――よろしい。よろしい。では、確に約束しましたね。

――確に、御約定致しました。御主エス・クリストの御名にお誓い申しまして。

伊留満は、これを聞くと、小さな眼を輝かせて、二三度、満足そうに、鼻を鳴らした。それから、左手を腰にあてて、少し反り身になりながら、右

手で紫の花にさわって見て、

——では、あたらなかったら——あなたの体と魂とを、貰いますよ。

　こう云って、紅毛は、大きく右の手をまわしながら、帽子をぬいだ。もじゃもじゃした髪の毛の中には、山羊のような角が二本、はえている。牛商人は、思わず顔の色を変えて、持っていた笠を、地に落した。日のかげったせいであろう、畑の花や葉が、一時に、あざやかな光を失った。牛さえ、何におびえたのか、角を低くしながら、地鳴りのような声で、唸っている。……

――私にした約束でも、約束は、約束ですよ。私が名を云えないものを指して、あなたは、誓ったでしょう。忘れてはいけません。期限は、三日ですから。では、さようなら。

人を莫迦にしたような、慇懃な調子で、こう云いながら、悪魔は、わざと、牛商人に丁寧なおじぎをした。

＊　　＊　　＊

牛商人は、うっかり、悪魔の手にのったのを、後悔した。このままで行けば、結局、あの「ぢゃぼ」につかまって、体も魂も、「亡ぶることなき猛火」に、焼かれなければ、ならない。それでは、今までの宗旨をすてて、波宇寸低茂（はうすちも）をうけた甲斐が、なくなってしまう。

が、御主耶蘇基督（エス・クリスト）の名で、誓った以上、一度した約束は、破る事が出来ない。勿論、フランシス上人でも、いたのなら、またどうにかなる所だが、生憎、それも今は留守である。そこで、彼は、三日の間、夜の眼もねずに、悪魔の巧みの裏をかく手だてを考えた。それには、どうしても、あの植物の名を、知るより外に、仕方がない。しかし、フランシス上人でさえ、知らない名を、どこに知っているものが、いるであろう。

……

牛商人は、とうとう、約束の期限の切れる晩に、又あの黄牛をひっぱって、そっと、伊留満の住んでいる家の側へ、忍んで行った。家は畑とならんで、往来に向っている。行って見ると、もう伊留満も寝しずまったと見えて、窓からもる灯さえない。丁度、月はあるが、ぼんやりと曇った夜で、ひっそりした畑のそこここには、あの紫の花が、心ぼそくうす暗い中に、ほのめいている。元来、牛商人は、覚束ないながら、一策を思いついて、やっとここまで、忍んで来たのであるが、このしんとした景色を見ると、何となく恐しくなって、いっそ、このまま帰ってしまおうかと云う気にもなった。殊に、あの戸の後では、山羊のような角のある先生が、因辺留濃（いんへるの）の夢でも見ているのだと思うと、折角、はりつめた勇気も、意気地なく、くじけてしまう。が、体と魂とを、「ぢゃぼ」の手に、渡す事を思えば、勿論、弱い音（ね）なぞを吐いているべき場合ではない。

そこで、牛商人は、毘留善麻利耶（びるぜんまりや）の加護を願いながら、思い切って、予（あらかじめ）、もくろんで置いた計画を、実行した。計画と云うのは、別でもない。——ひいて来た黄牛の綱を解いて、尻をつよく打ちながら、例の畑へ勢よく追いこんでやったのである。

牛は、打たれた尻の痛さに、跳ね上りながら、柵を破って、畑をふみ荒らした。角を家の板目につきかけた事も、一度や二度ではない。その上、蹄（ひずめ）の音と、鳴く声とは、うすい夜の霧をうごかして、もののしく、四方に響き渡った。すると、窓の戸をあけて、顔を出したものがある。暗いので、顔はわからないが、伊留満に化けた悪魔には、相違ない。気のせいか、頭の角は、夜目ながら、はっきり見えた。

——この畜生、何だって、己（おれ）の煙草畑を荒らすのだ。

悪魔は、手をふりながら、睡（ね）むそうな声で、こう怒鳴った。寝入りばなの邪魔をされたのが、よくよく癪にさわったらしい。

が、畑の後へかくれて、容子を窺っていた牛商人の耳へは、悪魔のこの語(ことば)が、泥烏須(でうす)の声のように、響いた。……

——この畜生、何だって、己の煙草畑を荒らすのだ。

＊　＊　＊

それから、先の事は、あらゆるこの種類の話のように、至極、円満に完(おわ)っている。即(すなわち）、牛商人は、首尾よく、煙草と云う名を、云いあてて、悪魔に鼻をあかさせた。そうして、その畑にはえている煙草を、悉く自分のものにした。と云うような次第である。

が、自分は、昔からこの伝説に、より深い意味がありはしないかと思っている。何故と云えば、悪魔は、牛商人の肉体と霊魂とを、自分のものにする事は出来なかったが、その代（かわり）に、煙草は、洽（あまね）く日本全国に、普及させる事が出来た。して見ると牛商人の救抜（きゅうばつ）が、一面堕落を伴っているように、悪魔の失敗も、一面成功を伴っていはしないだろうか。悪魔は、ころんでも、ただは起きない。誘惑に勝ったと思う時にも、人間は存外、負けている事がありはしないだろうか。

それから序（ついで）に、悪魔のなり行きを、簡単に、書いて置こう。彼は、フランシス上人が、帰って来ると共に、神聖なペンタグラマの威力によって、とうとう、その土地から、逐払（おいはら）われた。が、その後も、やはり伊留満のなりをして、方々をさまよって、歩いたものらしい。或記録によると、彼は、南蛮寺の建立前後、京都にも、屡（しばしば）出没したそうである。松永弾正を翻弄した例の果心居士（かしんこじ）と云う男は、この悪魔だと云う説もあるが、これはラフカディオ・ヘルン先生が書いているから、ここには、御免を蒙る事にしよう。それから、豊臣徳川両氏の外教禁遏（きんあつ）に会って、始の中こそ、まだ、姿を現わしていたが、とうとう、しまいには、完（まった）く日本にいなくなった。――記録は、大体ここまでしか、悪魔の消息を語っていない。唯、明治以後、再（ふたたび）、渡来した彼の動静を知る事が出来ないのは、返えす返えすも、遺憾である。……

仙人

皆さん。

私は今大阪にいます、ですから大阪の話をしましょう。

昔、大阪の町へ奉公に来た男がありました。名は何と云ったかわかりません。ただ飯炊奉公に来た男ですから、権助とだけ伝わっています。

権助は口入れ屋の暖簾をくぐると、煙管を啣(くわ)えていた番頭に、こう口の世話を頼みました。

「番頭さん。私は仙人になりたいのだから、そう云う所へ住みこませて下さい。」

番頭は呆気にとられたように、しばらくは口も利かずにいました。

「番頭さん。聞えませんか？　私は仙人になりたいのだから、そう云う所へ住みこませて下さい。」

「まことに御気の毒様ですが、――」

番頭はやっといつもの通り、煙草をすぱすぱ吸い始めました。

「手前の店ではまだ一度も、仙人なぞの口入れは引き受けた事はありませんから、どうかほかへ御出でなすって下さい。」

するとは権助は不服そうに、千草の股引の膝をすすめながら、こんな理窟を云い出しました。

「それはちと話が違うでしょう。御前さんの店の暖簾には、何と書いてあると御思いなさる？　万（よろず）口入れ所と書いてあるじゃありませんか？　万と云うからは何事でも、口入れをするのがほんとうです。それともお前さんの店では暖簾の上に、嘘を書いて置いたつもりなのですか？」

なるほどこう云われて見ると、権助が怒るのももっともです。

「いえ、暖簾に嘘がある次第ではありません。何でも仙人になれるような奉公口を探せとおっしゃるのなら、明日また御出で下さい。今日中に心当りを尋ねて置いて見ますから。」

番頭はとにかく一時逃れに、権助の頼みを引き受けてやりました。が、どこへ奉公させたら、仙人になる修業が出来るか、もとよりそんな事なぞはわかるはずがありません。ですから一まず権助を返すと、早速番頭は近所にある医者の所へ出かけて行きました。そうして権助の事を話してから、「いかがでしょう？　先生。仙人になる修業をするには、どこへ奉公するのが近路でしょう？」と、心配そうに尋ねました。

これには医者も困ったのでしょう。しばらくはぼんやり腕組みをしながら、庭の松ばかり眺めていました。が番頭の話を聞くと、直ぐに横から口を出したのは、古狐と云う渾名のある、狡猾な医者の女房です。

「それはうちへおよこしよ。うちにいれば二三年中には、きっと仙人にして見せるから。」

「左様ですか？　それは善い事を伺いました。では何分願います。どうも仙人と御医者様とは、どこか縁が近いような心もちが致して居りましたよ。」

何も知らない番頭は、しきりに御時宜を重ねながら、大喜びで帰りました。

医者は苦い顔をしたまま、その後を見送っていましたが、やがて女房に向いながら、

「お前は何と云う莫迦な事を云うのだ？　もしその田舎者が何年いても、一向仙術を教えてくれぬなぞと、不平でも云い出したら、どうする気だ？」

と忌々しそうに小言を云いました。

しかし女房はあやまる所か、鼻の先でふふんと

笑いながら、

「まあ、あなたは黙っていらっしゃい。あなたのように莫迦正直では、このせち辛い世の中に、御飯を食べる事も出来はしません。」と、あべこべに医者をやりこめるのです。

さて明くる日になると約束通り、田舎者の権助は番頭と一しょにやって来ました。今日はさすがに権助も、初の御目見えだと思ったせいか、紋附の羽織を着ていますが、見た所はただの百姓と少しも違った容子はありません。それが返って案外だったのでしょう。医者はまるで天竺から来た麝香獣(じゃこうじゅう)でも見る時のように、じろじろその顔を眺めながら、

「お前は仙人になりたいのだそうだが、一体どう云う所から、そんな望みを起したのだ?」と、不審そうに尋ねました。すると権助が答えるには、

「別にこれと云う訣(わけ)もございませんが、ただあの大阪の御城を見たら、太閤様のように偉い

人でも、いつか一度は死んでしまう。して見れば人間と云うものは、いくら栄耀栄華をしても、果ないものだと思ったのです。」

「では仙人になれさえすれば、どんな仕事でもするだろうね？」

狡猾な医者の女房は、隙(す)かさず口を入れました。

「はい。仙人になれさえすれば、どんな仕事でもいたします。」

「それでは今日から私の所に、二十年の間奉公おし。そうすればきっと二十年目に、仙人になる術を教えてやるから。」

「左様でございますか？　それは何より難有（ありがと）うございます。」

「その代り向う二十年の間は、一文（いちもん）も御給金はやらないからね。」

「はい。はい。承知いたしました。」

それから権助は二十年間、その医者の家に使われていました。水を汲む。薪を割る。飯を炊く。拭き掃除をする。おまけに医者が外へ出る時は、薬箱を背負って伴をする。――その上給金は一文でも、くれと云った事がないのですから、このくらい重宝な奉公人は、日本中探してもありますまい。

が、とうとう二十年たつと、権助はまた来た時のように、紋附の羽織をひっかけながら、主人夫婦の前へ出ました。そうして慇懃に二十年間、世話になった礼を述べました。

「ついては兼ね兼ね御約束の通り、今日は一つ私にも、不老不死になる仙人の術を教えて貰いたいと思いますが。」

権助にこう云われると、閉口したのは主人の医者です。何しろ一文も給金をやらずに、二十年間も使った後ですから、いまさら仙術は知らぬなぞとは、云えた義理ではありません。医者はそこで仕方なしに、

「仙人になる術を知っているのは、おれの女房の方だから、女房に教えて貰うが好い。」と、素っ気なく横を向いてしまいました。

しかし女房は平気なものです。

「では仙術を教えてやるから、その代りどんなむずかしい事でも、私の云う通りにするのだよ。さもないと仙人になれないばかりか、また向う二十年の間、御給金なしに奉公しないと、すぐに罰が当って死んでしまうからね。」

「はい。どんなむずかしい事でも、きっと仕遂げて御覧に入れます。」

権助はほくほく喜びながら、女房の云いつけを待っていました。

「それではあの庭の松に御登り。」

女房はこう云いつけました。もとより仙人になる術なぞは、知っているはずがありませんから、何でも権助に出来そうもない、むずかしい事を云いつけて、もしそれが出来ない時には、また向う二十年の間、ただで使おうと思ったのでしょう。しかし権助はその言葉を聞くとすぐに庭の松へ登りました。

「もっと高く。もっとずっと高く御登り。」

女房は縁先に佇みながら、松の上の権助を見上げました。権助の着た紋附の羽織は、もうその大きな庭の松でも、一番高い梢にひらめいています。

「今度は右の手を御放し。」

権助は左手にしっかりと、松の太枝をおさえながら、そろそろ右の手を放しました。

「それから左の手も放しておしまい。」

「おい。おい。左の手を放そうものなら、あの田舎者は落ちてしまうぜ。落ちれば下には石があるし、とても命はありゃしない。」

医者もとうとう縁先へ、心配そうな顔を出しました。

「あなたの出る幕ではありませんよ。まあ、私に任せて御置きなさい。――さあ、左の手を放すのだよ。」

権助はその言葉が終らない内に、思い切って左手も放しました。何しろ木の上に登ったまま、両手とも放してしまったのですから、落ちずにいる訣はありません。あっと云う間に権助の体は、権助の着ていた紋附の羽織は、松の梢から離れました。が、離れたと思うと落ちもせずに、不思議にも昼間の中空へ、まるで操り人形のように、ちゃんと立止ったではありませんか？

「どうも難有うございます。おかげ様で私も一人前の仙人になれました。」

権助は叮嚀に御時宜をすると、静かに青空を踏みながら、だんだん高い雲の中へ昇って行ってしまいました。

医者夫婦はどうしたか、それは誰も知っていません。ただその医者の庭の松は、ずっと後までも残っていました。何でも淀屋辰五郎は、この松の雪景色を眺めるために、四抱えにも余る大木をわざわざ庭へ引かせたそうです。

アグニの神

一

支那の上海の或町です。昼でも薄暗い或家の二階に、人相の悪い印度人の婆さんが一人、商人らしい一人の亜米利加人と何か頻（しきり）に話し合っていました。

「実は今度もお婆さんに、占いを頼みに来たのだがね、――」

亜米利加人はそう言いながら、新しい煙草へ火をつけました。

「占いですか？　占いは当分見ないことにしましたよ。」

婆さんは嘲るように、じろりと相手の顔を見ました。

「この頃は折角見て上げても、御礼さえ碌にしない人が、多くなって来ましたからね。」

「そりゃ勿論御礼をするよ。」

亜米利加人は惜しげもなく、三百弗（ドル）の小切手を一枚、婆さんの前へ投げてやりました。

「差当りこれだけ取って置くさ。もしお婆さんの占いが当れば、その時は別に御礼をするから、――」

　婆さんは三百弗の小切手を見ると、急に愛想がよくなりました。

「こんなに沢山頂いては、反って御気の毒ですね。――そうして一体又あなたは、何を占ってくれろとおっしゃるんです？」

「私が見て貰いたいのは、――」

亜米利加人は煙草を啣(くわ)えたなり、狡猾そうな微笑を浮べました。

「一体日米戦争はいつあるかということなんだ。それさえちゃんとわかっていれば、我々商人は忽ちの内に、大金儲けが出来るからね。」

「じゃ明日いらっしゃい。それまでに占って置いて上げますから。」

「そうか。じゃ間違いのないように、――」

印度人の婆さんは、得意そうに胸を反らせました。

「私の占いは五十年来、一度も外れたことはないのですよ。何しろ私のはアグニの神が、御自身御告げをなさるのですからね。」

亜米利加人が帰ってしまうと、婆さんは次の間の戸口へ行って、

「恵連(えれん)。恵蓮。」と呼び立てました。

その声に応じて出て来たのは、美しい支那人の女の子です。が、何か苦労でもあるのか、この女の子の下ぶくれの頬は、まるで蝋のような色をしていました。

「何を愚図愚図しているんだえ？　ほんとうにお前位、ずうずうしい女はありゃしないよ。きっと又台所で居眠りか何かしていたんだろう？」

恵蓮はいくら叱られても、じっと俯向いた儘黙っていました。

「よくお聞きよ。今夜は久しぶりにアグニの神へ、御伺いを立てるんだからね、そのつもりでいるんだよ。」

女の子はまっ黒な婆さんの顔へ、悲しそうな眼を挙げました。

「今夜ですか？」

「今夜の十二時。好いかえ？　忘れちゃいけないよ。」

印度人の婆さんは、脅すように指を挙げました。

「又お前がこの間のように、私に世話ばかり焼かせると、今度こそお前の命はないよ。お前なんぞは殺そうと思えば、雛っ仔（ひよっこ）の頸を絞めるより――」

こう言いかけた婆さんは、急に顔をしかめました。ふと相手に気がついて見ると、恵蓮はいつか窓側に行って、丁度明いていた硝子窓から、寂しい往来を眺めているのです。

「何を見ているんだえ？」

恵蓮は愈（いよいよ）色を失って、もう一度婆さんの顔を見上げました。

「よし、よし、そう私を莫迦にするんなら、まだお前は痛い目に会い足りないんだろう。」

婆さんは眼を怒らせながら、そこにあった箒をふり上げました。

丁度その途端です。誰か外へ来たと見えて、戸を叩く音が、突然荒々しく聞え始めました。

二

その日のかれこれ同じ時刻に、この家の外を通りかかった、年の若い一人の日本人があります。それがどう思ったのか、二階の窓から顔を出した支那人の女の子を一目見ると、しばらくは呆気にとられたように、ぼんやり立ちすくんでしまいました。

そこへ又通りかかったのは、年をとった支那人の人力車夫です。

「おい。おい。あの二階に誰が住んでいるか、お前は知っていないかね？」

日本人はその人力車夫へ、いきなりこう問いかけました。支那人は楫棒（かじぼう）を握った儘、高い二階を見上げましたが、「あすこですか？　あすこには、何とかいう印度人の婆さんが住んでいます。」と、気味悪そうに返事をすると、行きそうにするのです。

「まあ、待ってくれ。そうしてその婆さんは、何を商売にしているんだ？」

「占い者です。が、この近所の噂じゃ、何でも魔法さえ使うそうです。まあ、命が大事だったら、あの婆さんの所なぞへは行かない方が好いようですよ。」

支那人の車夫が行ってしまってから、日本人は腕を組んで、何か考えているようでしたが、やがて決心でもついたのか、さっさとその家の中へはいって行きました。すると突然聞えて来たのは、婆さんの罵る声に交った、支那人の女の子の泣き声です。日本人はその声を聞くが早いか、一股に二三段ずつ、薄暗い梯子を馳け上りました。そうして婆さんの部屋の戸を力一ぱい叩き出しました。戸は直ぐに開きました。が、日本人が中へはいって見ると、そこには印度人の婆さんがたった一人立っているばかり、もう支那人の女の子は、次の間へでも隠れたのか、影も形も見当りません。

「何か御用ですか？」

婆さんはさも疑わしそうに、じろじろ相手の顔を見ました。

「お前さんは占い者だろう？」

日本人は腕を組んだ儘、婆さんの顔を睨み返しました。

「そうです。」

「じゃ私の用なぞは、聞かなくてもわかっているじゃないか？　私も一つお前さんの占いを見て貰いにやって来たんだ。」

「何を見て上げるんですえ？」

婆さんは益（ますます）疑わしそうに、日本人の容子を窺っていました。

「私の主人の御嬢さんが、去年の春行方知れずになった。それを一つ見て貰いたいんだが、――」

日本人は一句一句、力を入れて言うのです。

「私の主人は香港の日本領事だ。御嬢さんの名は妙子さんとおっしゃる。私は遠藤という書生だが

――どうだね？　その御嬢さんはどこにいらっしゃる。」

遠藤はこう言いながら、上衣の隠しに手を入れると、一挺のピストルを引き出しました。

「この近所にいらっしゃりはしないか？　香港の警察署の調べた所じゃ、御嬢さんを攫ったのは印度人らしいということだったが、――隠し立てをすると為にならんぞ。」

しかし印度人の婆さんは、少しも怖がる気色が見えません。見えない所か唇には、反って人を莫迦にしたような微笑さえ浮べているのです。

「お前さんは何を言うんだえ？　私はそんな御嬢さんなんぞは、顔を見たこともありゃしないよ。」

「嘘をつけ。今その窓から外を見ていたのは、確に御嬢さんの妙子さんだ。」

　遠藤は片手にピストルを握った儘、片手に次の間の戸口を指さしました。

「それでもまだ剛情を張るんなら、あすこにいる支那人をつれて来い。」

「あれは私の貰い子だよ。」

婆さんはやはり嘲るように、にやにや独り笑っているのです。

「貰い子か貰い子でないか、一目見りゃわかることだ。貴様がつれて来なければ、おれがあすこへ行って見る。」

遠藤が次の間へ踏みこもうとすると、咄嗟に印度人の婆さんは、その戸口に立ち塞がりました。

「ここは私の家だよ。見ず知らずのお前さんなんぞに、奥へはいられてたまるものか。」

「退け。退かないと射殺すぞ。」

遠藤はピストルを挙げました。いや、挙げようとしたのです。が、その拍子に婆さんが、鴉の啼くような声を立てたかと思うと、まるで電気に打たれたように、ピストルは手から落ちてしまいました。これには勇み立った遠藤も、さすがに胆をひしがれたのでしょう、ちょいとの間は不思議そ

うに、あたりを見廻していましたが、忽ち又勇気をとり直すと、

「魔法使め。」と罵りながら、虎のように婆さんへ飛びかかりました。

が、婆さんもさるものです。ひらりと身を躱（かわ）すが早いか、そこにあった箒をとって、又掴みかかろうとする遠藤の顔へ、床の上の五味（ごみ）を掃きかけました。すると、その五味が皆火花になって、眼といわず、口といわず、ばらばらと遠

藤の顔へ焼きつくのです。

遠藤はとうとうたまり兼ねて、火花の旋風に追われながら、転げるように外へ逃げ出しました。

三

その夜の十二時に近い時分、遠藤は独り婆さんの家の前にたたずみながら、二階の硝子窓に映る火影（ほかげ）を口惜しそうに見つめていました。

「折角御嬢さんの在りかをつきとめながら、とり戻すことが出来ないのは残念だな。一そ警察へ訴えようか？　いや、いや、支那の警察が手ぬるいことは、香港でもう懲り懲りしている。万一今度も逃げられたら、又探すのが一苦労だ。といってあの魔法使には、ピストルさえ役に立たないし、――」

遠藤がそんなことを考えていると、突然高い二階の窓から、ひらひら落ちて来た紙切れがあります。

「おや、紙切れが落ちて来たが、――もしや御嬢さんの手紙じゃないか？」

こう呟いた遠藤は、その紙切れを、拾い上げながらそっと隠した懐中電燈を出して、まん円な光に照らして見ました。すると果して紙切れの上には、妙子が書いたのに違いない、消えそうな鉛筆の跡があります。

「遠藤サン。コノ家ノオ婆サンハ、恐シイ魔法使デス。時々真夜中ニ私ノ体へ、『アグニ』トイウ印度ノ神ヲ乗リ移ラセマス。私ハソノ神ガ乗リ移ッテイル間中、死ンダヨウニナッテイルノデス。デスカラドンナ事ガ起ルカ知リマセンガ、何デモオ婆サンノ話デハ、『アグニ』ノ神ガ私ノ口ヲ借リテ、イロイロ予言ヲスルノダソウデス。今夜モ十二時ニハオ婆サンガ又『アグニ』ノ神ヲ乗リ移ラセマス。イツモダト私ハ知ラズ知ラズ、気ガ遠クナッテシマウノデスガ、今夜ハソウナラナイ内ニ、ワザト魔法ニカカッタ真似ヲシマス。ソウシテ私ヲオ父様ノ所へ返サナイト『アグニ』ノ神ガオ婆サンノ命ヲトルト言ッテヤリマス。オ婆サンハ何ヨリモ『アグニ』ノ神ガ怖イノデスカラ、ソレヲ聞ケバキット私ヲ返スダロウト思イマス。ドウカ明日ノ朝モウ一度、オ婆サンノ所へ来テ下サイ。コノ計略ノ外ニハオ婆サンノ手カラ、逃ゲ出スミチハアリマセン。サヨウナラ。」

遠藤は手紙を読み終ると、懐中時計を出して見ました。時計は十二時五分前です。

「もうそろそろ時刻になるな、相手はあんな魔法使だし、御嬢さんはまだ子供だから、余程運が好くないと、――」

遠藤の言葉が終らない内に、もう魔法が始まるのでしょう。今まで明るかった二階の窓は、急にまっ暗になってしまいました。と同時に不思議な香（こう）の匂が、町の敷石にも滲みる程、どこからか静に漂って来ました。

四

その時あの印度人の婆さんは、ランプを消した二階の部屋の机に、魔法の書物を拡げながら、頻（しきり）に呪文を唱えていました。書物は香炉の火の光に、暗い中でも文字だけは、ぼんやり浮き上らせているのです。

婆さんの前には心配そうな恵蓮（えれん）が、――いや、支那服を着せられた妙子が、じっと椅子に坐っていました。さっき窓から落した手紙は、無事に遠藤さんの手へはいったであろうか？　あの時往来にいた人影は、確に遠藤さんだと思ったが、もしや人違いではなかったであろうか？――そう思うと妙子は、いても立ってもいられないような気がして来ます。しかし今うっかりそんな気ぶりが、婆さんの眼にでも止まったが最後、この恐しい魔法使いの家から、逃げ出そうという計略は、すぐに見破られてしまうでしょう。ですから妙子は一生懸命に、震える両手を組み合せながら、かねてたくんで置いた通り、アグニの神が乗り移ったように、見せかける時の近づくのを今か今かと待っていました。

婆さんは呪文を唱えてしまうと、今度は妙子をめぐりながら、いろいろな手ぶりをし始めました。或時は前へ立った儘、両手を左右に挙げて見たり、又或時は後へ来て、まるで眼かくしでもするように、そっと妙子の額の上へ手をかざしたりするのです。もしこの時部屋の外から、誰か婆さんの容子を見ていたとすれば、それはきっと大きな蝙蝠か何かが、蒼白い香炉の火の光の中に、飛びまわってでもいるように見えたでしょう。

その内に妙子はいつものように、だんだん睡気がきざして来ました。が、ここで睡ってしまっては、折角の計略にかけることも、出来なくなってしまう道理です。そうしてこれが出来なければ、勿論二度とお父さんの所へも、帰れなくなるのに違いありません。

「日本の神々様、どうか私が睡らないように、御守りなすって下さいまし。その代り私はもう一度、たとい一目でもお父さんの御顔を見ることが出来たなら、すぐに死んでもよろしゅうございます。日本の神々様、どうかお婆さんを欺せるように、御力を御貸し下さいまし。」

妙子は何度も心の中に、熱心に祈りを続けました。しかし睡気はおいおいと、強くなって来るばかりです。と同時に妙子の耳には、丁度銅鑼でも鳴らすような、得体の知れない音楽の声が、かすかに伝わり始めました。これはいつでもアグニの神が、空から降りて来る時に、きっと聞える声なのです。

もうこうなってはいくら我慢しても、睡らずにいることは出来ません。現に目の前の香炉の火や、印度人の婆さんの姿でさえ、気味の悪い夢が薄れるように、見る見る消え失せてしまうのです。

「アグニの神、アグニの神、どうか私の申すことを御聞き入れ下さいまし。」

やがてあの魔法使いが、床の上にひれ伏した儘、嗄（しわが）れた声を挙げた時には、妙子は椅子に坐りながら、殆ど生死も知らないように、いつかもうぐっすり寝入っていました。

五

妙子は勿論婆さんも、この魔法を使う所は、誰の眼にも触れないと、思っていたのに違いありません。しかし実際は部屋の外に、もう一人戸の鍵穴から、覗いている男があったのです。それは一体誰でしょうか？――言うまでもなく、書生の遠藤です。

遠藤は妙子の手紙を見てから、一時は往来に立ったなり、夜明けを待とうかとも思いました。が、お嬢さんの身の上を思うと、どうしてもじっとしてはいられません。そこでとうとう盗人のように、そっと家の中へ忍びこむと、早速この二階の戸口へ来て、さっきから透き見をしていたのです。

しかし透き見をすると言っても、何しろ鍵穴を覗くのですから、蒼白い香炉の火の光を浴びた、死人のような妙子の顔が、やっと正面に見えるだけです。その外は机も、魔法の書物も、床にひれ伏した婆さんの姿も、まるで遠藤の眼にははいりません。しかし嗄れた婆さんの声は、手にとるようにはっきり聞えました。

「アグニの神、アグニの神、どうか私の申すことを御聞き入れ下さいまし。」

婆さんがこう言ったと思うと、息もしないように坐っていた妙子は、やはり眼をつぶった儘、突然口を利き始めました。しかもその声がどうしても、妙子のような少女とは思われない、荒々しい男の声なのです。

「いや、おれはお前の願いなぞは聞かない。お前はおれの言いつけに背いて、いつも悪事ばかり働いて来た。おれはもう今夜限り、お前を見捨てようと思っている。いや、その上に悪事の罰を下してやろうと思っている。」

婆さんは呆気にとられたのでしょう。暫くは何とも答えずに、喘ぐような声ばかり立てていました。が、妙子は婆さんに頓着せず、おごそかに話し続けるのです。

「お前は憐れな父親の手から、この女の子を盗んで来た。もし命が惜しかったら、明日とも言わず今夜の内に、早速この女の子を返すが好い。」

遠藤は鍵穴に眼を当てた儘、婆さんの答を待っていました。すると婆さんは驚きでもするかと思いの外、憎々しい笑い声を洩らしながら、急に妙子の前へ突っ立ちました。

「人を莫迦にするのも、好い加減におし。お前は私を何だと思っているのだえ。私はまだお前に欺される程、耄碌(もうろく)はしていない心算(つもり)だよ。早速お前を父親へ返せ——警察の御役人じゃあるまいし、アグニの神がそんなことを御言いつけになってたまるものか。」

婆さんはどこからとり出したか、眼をつぶった妙子の顔の先へ、一挺のナイフを突きつけました。

「さあ、正直に白状おし。お前は勿体なくもアグニの神の、声色を使っているのだろう。」

さっきから容子を窺っていても、妙子が実際睡っていることは、勿論遠藤にはわかりません。ですから遠藤はこれを見ると、さては計略が露顕したかと思わず胸を躍らせました。が、妙子は相変らず目蓋一つ動かさず、嘲笑うように答えるのです。

「お前も死に時が近づいたな。おれの声がお前には人間の声に聞えるのか。おれの声は低くとも、天上に燃える炎の声だ。それがお前にはわからないのか。わからなければ、勝手にするが好い。おれは唯お前に尋ねるのだ。すぐにこの女の子を送り返すか、それともおれの言いつけに背くか――」

婆さんはちょいとためらったようです。が、忽ち勇気をとり直すと、片手にナイフを振りながら、片手に妙子の頭髪を掴んで、ずるずる手もとへ引き寄せました。

「この阿魔（あま）め。まだ剛情を張る気だな。よし、よし、それなら約束通り、一思いに命をとってやるぞ。」

婆さんはナイフを振り上げました。もう一分間遅れても、妙子の命はなくなります。遠藤は咄嗟に身を起すと、錠のかかった入口の戸を無理無体に明けようとしました。が、戸は容易に破れません。いくら押しても、叩いても、手の皮が摺り剥けるばかりです。

六

その内に部屋の中からは、誰かのわっと叫ぶ声が、突然暗やみに響きました。それから人が床の上へ、倒れる音も聞えたようです。遠藤は殆ど気違いのように、妙子の名前を呼びかけながら、全身の力を肩に集めて、何度も入口の戸へぶつかりました。

板の裂ける音、錠のはね飛ぶ音、――戸はとうとう破れました。しかし肝腎の部屋の中は、まだ香炉に蒼白い火がめらめら燃えているばかり、人気のないようにしんとしています。

遠藤はその光を便りに、怯（お）ず怯ずあたりを見廻しました。

するとすぐに眼にはいったのは、やはりじっと椅子にかけた、死人のような妙子です。それが何故か遠藤には、頭に毫光（ごこう）でもかかっているように、厳かな感じを起させました。

「御嬢さん、御嬢さん。」

遠藤は椅子の側へ行くと、妙子の耳もとへ口をつけて、一生懸命に叫び立てました。が、妙子は眼をつぶったなり、何とも口を開きません。

「御嬢さん。しっかりおしなさい。遠藤です。」

妙子はやっと夢がさめたように、かすかな眼を開きました。

「遠藤さん？」

「そうです。遠藤です。もう大丈夫ですから、御安心なさい。さあ、早く逃げましょう。」

妙子はまだ夢現のように、弱々しい声を出しました。

「計略は駄目だったわ。つい私が眠ってしまったものだから、――堪忍して頂戴よ。」

「計略が露顕したのは、あなたのせいじゃありませんよ。あなたは私と約束した通り、アグニの神の憑（かか）った真似をやり了（おお）せたじゃありませんか？――そんなことはどうでも好いことです。さあ、早く御逃げなさい。」

遠藤はもどかしそうに、椅子から妙子を抱き起しました。

「あら、嘘。私は眠ってしまったのですもの。どんなことを言ったか、知りはしないわ。」

妙子は遠藤の胸に凭れながら、呟くようにこう言いました。

「計略は駄目だったわ。とても私は逃げられなくてよ。」

「そんなことがあるものですか。私と一しょにいらっしゃい。今度しくじったら大変です。」

「だってお婆さんがいるでしょう?」

「お婆さん。」

遠藤はもう一度、部屋の中を見廻しました。机の上にはさっきの通り、魔法の書物が開いてある、――その下へ仰向きに倒れているのは、あの印度人の婆さんです。婆さんは意外にも自分の胸へ、自分のナイフを突き立てた儘、血だまりの中に死んでいました。

「お婆さんはどうして？」

「死んでいます。」

妙子は遠藤を見上げながら、美しい眉をひそめました。

「私、ちっとも知らなかったわ。お婆さんは遠藤さんが――あなたが殺してしまったの？」

遠藤は婆さんの屍骸から、妙子の顔へ眼をやりました。今夜の計略が失敗したことが、――しかしその為に婆さんも死ねば、妙子も無事に取り返せたことが、――運命の力の不思議なことが、やっと遠藤にもわかったのは、この瞬間だったのです。

「私が殺したのじゃありません。あの婆さんを殺したのは今夜ここへ来たアグニの神です。」

遠藤は妙子を抱えた儘、おごそかにこう囁きました。

三つの宝

一

森の中。三人の盗人が宝を争っている。宝とは一飛びに千里飛ぶ長靴、着れば姿の隠れるマントル、鉄でもまっ二つに切れる剣——ただしいずれも見たところは、古道具らしい物ばかりである。

第一の盗人　そのマントルをこっちへよこせ。

第二の盗人　余計な事を云うな。その剣こそこっちへよこせ。――おや、おれの長靴を盗んだな。

第三の盗人　この長靴はおれの物じゃないか？　貴様こそおれの物を盗んだのだ。

第一の盗人　よしよし、ではこのマントはおれが貰って置こう。

第二の盗人　こん畜生！　貴様なぞに渡してたまるものか。

第一の盗人　よくもおれを撲ったな。――おや、

　またおれの剣も盗んだな？
第三の盗人　何だ、このマントル泥坊め！
三人の者が大喧嘩になる。そこへ馬に跨った王
子が一人、森の中の路を通りかかる。
王子　おいおい、お前たちは何をしているのだ？
（馬から下りる）
第一の盗人　何、こいつが悪いのです。わたしの
剣を盗んだ上、マントルさえよこせと云うもの
ですから、――

第三の盗人　いえ、そいつが悪いのです。マントルはわたしのを盗んだのです。

第二の盗人　いえ、こいつ等は二人とも大泥坊です。これは皆わたしのものなのですから、――

第一の盗人　嘘をつけ！

第二の盗人　この大法螺吹きめ！

三人また喧嘩をしようとする。

王子　待て待て。たかが古いマントルや、穴のあいた長靴ぐらい、誰がとっても好いじゃないか？

第二の盗人　いえ、そうは行きません。このマントルは着たと思うと、姿の隠れるマントルなのです。

第一の盗人　どんなまた鉄の兜でも、この剣で切れば切れるのです。

第三の盗人　この長靴もはきさえすれば、一飛びに千里飛べるのです。

王子　なるほど、そう云う宝なら、喧嘩をするのももっともな話だ。が、それならば欲張らずに、一つずつ分ければ好いじゃないか？

第二の盗人　そんな事をしてごらんなさい。わたしの首はいつ何時、あの剣に切られるかわかりはしません。

第一の盗人　いえ、それよりも困るのは、あのマントルを着られれば、何を盗まれるか知れますまい。

第二の盗人　いえ、何を盗んだ所が、あの長靴をはかなければ、思うようには逃げられない訣（わけ）です。

王子　それもなるほど一理窟だな。では物は相談だが、わたしにみんな売ってくれないか？　そうすれば心配も入らないはずだから。

第一の盗人　どうだい、この殿様に売ってしまうのは？

第三の盗人　なるほど、それも好いかも知れない。

第二の盗人　ただ値段次第だな。

王子　値段は——そうだ。そのマントルの代りには、この赤いマントルをやろう、これには刺繍の縁もついている。それからその長靴の代りには、この宝石のはいった靴をやろう。この黄金細工の剣をやれば、その剣をくれても損はあるまい。どうだ、この値段では？

第二の盗人　わたしはこのマントルの代りに、そのマントルを頂きましょう。

第一の盗人と第三の盗人　わたしたちも申し分はありません。
王子　そうか。では取り換えて貰おう。
王子はマントル、剣、長靴等を取り換えた後、また馬の上に跨りながら、森の中の路を行きかける。
王子　この先に宿屋はないか？
第一の盗人　森の外へ出さえすれば「黄金の角笛」という宿屋があります。では御大事にいらっしゃい。
王子　そうか。ではさようなら。（去る）
第三の盗人　うまい商売をしたな。おれはあの長靴が、こんな靴になろうとは思わなかった。見ろ。止め金には金剛石（ダイヤモンド）がついている。
第二の盗人　おれのマントルも立派な物じゃないか？　これをこう着た所は、殿様のように見えるだろう。

第一の盗人　この剣も大した物だぜ。何しろ柄も鞘も黄金だからな。——しかしああやすやす欺（だま）されるとは、あの王子も大莫迦じゃないか？

第二の盗人　しっ！　壁に耳あり、徳利にも口だ。まあ、どこかへ行って一杯やろう。

三人の盗人は嘲笑（あざわら）いながら、王子とは反対の路へ行ってしまう。

二

「黄金の角笛」と云う宿屋の酒場。酒場の隅には王子がパンを噛じっている。王子のほかにも客が七八人、――これは皆村の農夫らしい。

宿屋の主人　いよいよ王女の御婚礼があるそうだね。

第一の農夫　そう云う話だ。なんでも御聟（おむこ）になる人は、黒ん坊の王様だと云うじゃないか？

第二の農夫　しかし王女はあの王様が大嫌いだと云う噂だぜ。

第一の農夫　嫌いなればお止しなされば好いのに。

主人　ところがその黒ん坊の王様は、三つの宝ものを持っている。第一が千里飛べる長靴、第二が鉄さえ切れる剣、第三が姿の隠れるマントル、――それを皆献上すると云うものだから、欲の深いこの国の王様は、王女をやるとおっしゃったのだそうだ。

第二の農夫　御可哀そうなのは王女御一人だな。

第一の農夫　誰か王女をお助け申すものはないだろうか？

主人　いや、いろいろの国の王子の中には、そう云う人もあるそうだが、何分あの黒ん坊の王様にはかなわないから、みんな指を啣（くわ）えているのだとさ。

第二の農夫　おまけに欲の深い王様は、王女を人に盗まれないように、竜の番人を置いてあるそうだ。

主人　何、竜じゃない、兵隊だそうだ。

第一の農夫　わたしが魔法でも知っていれば、まっ先に御助け申すのだが、――

主人　当り前さ、わたしも魔法を知っていれば、お前さんなどに任せて置きはしない。（一同笑い出す）

王子　（突然一同の中へ飛び出しながら）よし心配するな！　きっとわたしが助けて見せる。
一同　（驚いたように）あなたが?!
王子　そうだ、黒ん坊の王などは何人でも来い。（腕組をしたまま、一同を見まわす）わたしは片っ端から退治して見せる。
主人　ですがあの王様には、三つの宝があるそうです。第一には千里飛ぶ長靴、第二には、——
王子　鉄でも切れる剣か？　そんな物はわたしも

持っている。この長靴を見ろ。この剣を見ろ。この古いマントルを見ろ。黒ん坊の王が持っているのと、寸分も違わない宝ばかりだ。

一同（再び驚いたように）その靴が?!　その剣が?!　そのマントルが?!

主人（疑わしそうに）しかしその長靴には、穴があいているじゃありませんか？

王子　それは穴があいている。が、穴はあいていても、一飛びに千里飛ばれるのだ。

主人　ほんとうですか？
王子　（憐むように）お前には嘘だと思われるかも知れない。よし、それならば飛んで見せる。入口の戸をあけて置いてくれ。好いか。飛び上ったと思うと見えなくなるぞ。
主人　その前に御勘定を頂きましょうか？
王子　何、すぐに帰って来る。土産には何を持って来てやろう。イタリアの柘榴か、イスパニアの真桑瓜か、それともずっと遠いアラビアの無花果か？
主人　御土産ならば何でも結構です。まあ飛んで
見せて下さい。
王子　では飛ぶぞ。一、二、三！
王子は勢好く飛び上る。が、戸口へも届かない
内に、どたりと尻餅をついてしまう。
一同どっと笑い立てる。
主人　こんな事だろうと思ったよ。
第一の農夫　千里どころか、二三間も飛ばなかっ

たぜ。

第二の農夫　何、千里飛んだのさ。一度千里飛んで置いて、また千里飛び返ったから、もとの所へ来てしまったのだろう。

第一の農夫　冗談じゃない。そんな莫迦な事があるものか。

一同大笑いになる。王子はすごすご起き上りながら、酒場の外へ行こうとする。

主人　もしもし御勘定を置いて行って下さい。

王子無言のまま、金を投げる。

第二の農夫　御土産は？

王子　（剣の柄へ手をかける）何だと？

第二の農夫　（尻ごみしながら）いえ、何とも云いはしません。（独り語のように）剣だけは首くらい斬れるかも知れない。

主人　（なだめるように）まあ、あなたなどは御年若なのですから、一先（ひとまず）御父様の御国へお帰りなさい。いくらあなたが騒いで見たところが、とても黒ん坊の王様にはかないはしません。とかく人間と云う者は、何でも身のほどを忘れないように慎み深くするのが上分別です。

一同　そうなさい。そうなさい。悪い事は云いはしません。

王子　わたしは何でも、——何でも出来ると思ったのに、（突然涙を落す）お前たちにも恥ずかしい。（顔を隠しながら）ああ、このまま消えてもしまいたいようだ。

第一の農夫　そのマントルを着て御覧なさい。そうすれば消えるかも知れません。

王子　畜生！（じだんだを踏む）よし、いくらでも莫迦にしろ。わたしはきっと黒ん坊の王から可哀そうな王女を助けて見せる。長靴は千里飛ばれなかったが、まだ剣もある。マントルも、――（一生懸命に）いや、空手でも助けて見せる。その時に後悔しないようにしろ。（気違いのように酒場を飛び出してしまう。）

主人　困ったものだ、黒ん坊の王様に殺されなければ好いが、――

三

王城の庭。薔薇の花の中に噴水が上っている。始は誰もいない。しばらくの後、マントルを着た王子が出て来る。

王子　やはりこのマントルは着たと思うと、たちまち姿が隠れると見える。わたしは城の門をはいってから、兵卒にも遇えば腰元にも遇ったが、誰も咎めたものはない。このマントルさえ着ていれば、この薔薇を吹いている風のように、王女の部屋へもはいれるだろう。——おや、あそこへ歩いて来たのは、噂に聞いた王女じゃないか？　どこかへ一時身を隠してから、——何、そんな必要はない、わたしはここに立っていても、王女の眼には見えないはずだ。王女は噴水の縁へ来ると、悲しそうにため息をする。

王女　わたしは何と云う不仕合せなのだろう。もう一週間もたたない内に、あの憎らしい黒ん坊の王は、わたしをアフリカへつれて行ってしまう。獅子や鰐のいるアフリカへ、（その芝の上に坐りながら）わたしはいつまでもこの城にいたい。この薔薇の花の中に、噴水の音を聞いていたい。……

王子　何と云う美しい王女だろう。わたしはたとい命を捨てても、この王女を助けて見せる。

王女　（驚いたように王子を見ながら）誰です、あなたは？

王子　（独り語のように）しまった！　声を出したのは悪かったのだ！

王女　声を出したのが悪い？　気違いかしら？　あんな可愛い顔をしているけれども、——

王子　顔？　あなたにはわたしの顔が見えるのですか？

王女　見えますわ。まあ、何を不思議そうに考えていらっしゃるの？

王子　このマントルも見えますか？

王女　ええ、ずいぶん古いマントルじゃありませんか？

王子　（落胆したように）わたしの姿は見えないはずなのですがね。

王女　（驚いたように）どうして？
王子　これは一度着さえすれば、姿が隠れるマントルなのです。
王女　それはあの黒ん坊の王のマントルでしょう。
王子　いえ、これもそうなのです。
王女　だって姿が隠れないじゃありませんか？
王子　兵卒や腰元に遇った時は、確かに姿が隠れたのですがね。その証拠には誰に遇っても、咎

　められた事がなかったのですから。
王女　（笑い出す）それはそのはずですわ。そんな古いマントルを着ていらっしゃれば下男か何かと思われますもの。
王子　下男！（落胆したように坐ってしまう）やはりこの長靴と同じ事だ。
王女　その長靴もどうかしましたの？
王子　これも千里飛ぶ長靴なのです。
王女　黒ん坊の王の長靴のように？

王子　ええ、――ところがこの間飛んで見たら、たった二三間も飛べないのです。御覧なさい。まだ剣もあります。これは鉄でも切れるはずなのですが、――

王女　何か切って御覧になって？

王子　いえ、黒ん坊の王の首を斬るまでは、何も斬らないつもりなのです。

王女　あら、あなたは黒ん坊の王と、腕競（くら）べをなさりにいらしったの？

王子　いえ、腕競べなどに来たのじゃありません。あなたを助けに来たのです。

王女　ほんとうに？

王子　ほんとうです。

王女　まあ、嬉しい！

突然黒ん坊の王が現れる。王子と王女とはびっくりする。

黒ん坊の王　今日は。わたしは今アフリカから、一飛びに飛んで来たのです。どうです、わたしの長靴の力は？
王女　（冷淡に）ではもう一度アフリカへ行って
いらっしゃい。
王　いや、今日はあなたと一しょに、ゆっくり御
話がしたいのです。（王子を見る）誰ですか、
その下男は？
王子　下男？（腹立たしそうに立ち上る）わたし
は王子です。王女を助けに来た王子です。わた
しがここにいる限りは、指一本も王女にはささ

せません。

王　（わざと叮嚀に）わたしは三つの宝を持っています。あなたはそれを知っていますか？

王子　剣と長靴とマントルですか？　なるほどわたしの長靴は一町も飛ぶ事は出来ません。しかし王女と一しょならば、この長靴をはいていても、千里や二千里は驚きません。またこのマントルを御覧なさい。わたしが下男と思われたため、王女の前へも来られたのは、やはりマントルのおかげです。これでも王子の姿だけは、隠す事が出来たじゃありませんか？

王　（嘲笑う）生意気な！　わたしのマントルの力を見るが好い。（マントルを着る。同時に消え失せる）

王女　（手を打ちながら）ああ、もう消えてしまいました。わたしはあの人が消えてしまうと、ほんとうに嬉しくてたまりませんわ。

王子　ああ云うマントルも便利ですね。ちょうどわたしたちのために出来ているようです。

王（突然また現われる。忌々しそうに）そうです。あなた方のために出来ているようなものです。わたしには役にも何にもたたない。（マントルを投げ捨てる）しかしわたしは剣を持っている。（急に王子を睨みながら）あなたはわたしの幸福を奪うものだ。さあ尋常に勝負をしよう。わたしの剣は鉄でも切れる。あなたの首位は何でもない。（剣を抜く）

王女　（立ち上るが早いか、王子をかばう）鉄でも切れる剣ならば、わたしの胸も突けるでしょう。さあ、一突きに突いて御覧なさい。
王　（尻ごみをしながら）いや、あなたは斬れません。
王女　（嘲るように）まあ、この胸も突けないのですか？　鉄でも斬れるとおっしゃった癖に！
王子　お待ちなさい。（王女を押し止めながら）王の云う事はもっともです。王の敵はわたしですから、尋常に勝負をしなければなりません。

（王に）さあ、すぐに勝負をしよう。（剣を抜く）

王　年の若いのに感心な男だ。好いか？　わたしの剣にさわれば命はないぞ。

王と王子と剣を打ち合せる。するとたちまち王の剣は、杖か何か切るように、王子の剣を切ってしまう。

王　どうだ？

王子　剣は切られたのに違いない。が、わたしはこの通り、あなたの前でも笑っている。
王　ではまだ勝負を続ける気か？
王子　あたり前だ。さあ、来い。
王　もう勝負などはしないでも好い。（急に剣を投げ捨てる）勝ったのはあなただ。わたしの剣などは何にもならない。
王子　（不思議そうに王を見る）なぜ？
王　なぜ？　わたしはあなたを殺した所が、王女にはいよいよ憎まれるだけだ。あなたにはそれがわからないのか?

王子　いや、わたしにはわかっている。ただあなたにはそんな事も、わかっていないなそうな気がしたから。

王　(考えに沈みながら)わたしには三つの宝があれば、王女も貰えると思っていた。が、それは間違いだったらしい。

王子　(王の肩に手をかけながら)わたしも三つ

の宝があれば、王女を助けられると思っていた。が、それも間違いだったらしい。

王　そうだ。我々は二人とも間違っていたのだ。（王子の手を取る）さあ、綺麗に仲直りをしましょう。わたしの失礼は赦して下さい。

王子　わたしの失礼も赦して下さい。今になって見ればわたしが勝ったか、あなたが勝ったかわからないようです。

王　いや、あなたはわたしに勝った。わたしはわたし自身に勝ったのです。（王女に）わたしはアフリカへ帰ります。どうか御安心なすって下さい。王子の剣は鉄を切る代りに、鉄よりももっと堅い、わたしの心を刺したのです。わたしはあなた方の御婚礼のために、この剣と長靴と、それからあのマントルと、三つの宝をさし上げましょう。もうこの三つの宝があれば、あなた方二人を苦しめる敵は、世界にないと思いますが、もしまた何か悪いやつがあったら、わたしの国へ知らせて下さい。わたしはいつでもアフリカから、百万の黒ん坊の騎兵と一しょに、あなた方の敵を征伐に行きます。（悲しそうに）わたしはあなたを迎えるために、アフリカの都のまん中に、大理石の御殿を建てて置きました。その御殿のまわりには、一面の蓮の花が咲いているのです。（王子に）どうかあなたはこの長靴をはいたら、時々遊びに来て下さい。

王子　きっと御馳走になりに行きます。

王女（黒ん坊の王の胸に、薔薇の花をさしてやりながら）わたしはあなたにすまない事をしました。あなたがこんな優しい方だとは、夢にも知らずにいたのです。どうかかんにんして下さい。ほんとうにわたしはすまない事をしました。（王の胸にすがりながら、子供のように泣き始める）

王（王女の髪を撫でながら）有難う。よくそう云ってくれました。わたしも悪魔ではありません。悪魔も同様な黒ん坊の王は御伽噺（おとぎばなし）にあるだけです。（王子に）そうじゃありませんか？

王子　そうです。（見物に向いながら）皆さん！　我々三人は目がさめました。悪魔のような黒ん坊の王や、三つの宝を持っている王子は、御伽噺にあるだけなのです。我々はもう目がさめた以上、御伽噺の中の国には、住んでいる訣（わけ）には行きません。我々の前には霧の奥から、もっと広い世界が浮んで来ます。我々はこの薔薇と噴水との世界から、一しょにその世界へ出て行きましょう。もっと広い世界！　もっと醜い、もっと美しい、――もっと大きい御伽噺の世界！　その世界に我々を待っているものは、苦しみかまたは楽しみか、我々は何も知りません。ただ我々はその世界へ、勇ましい一隊の兵卒のように、進んで行く事を知っているだけです。

底本と表記について

本書は、青空文庫の「杜子春」「蜘蛛の糸」「魔術」「煙草と悪魔」「仙人」「アグニの神」「三つの宝」を底本とした。表記については、現代仮名遣いを基調としている。ルビについては、小型活字を避けるという、本書の性格上、できるだけ省略し、必要に応じて、（）に入れる形で表示した。

シルバー文庫発刊の辞

21世紀になって、科学はさらに発展を遂げた。日本も、多くのノーベル賞受賞者を輩出していることに見られるように、20世紀来、この発展に大きく寄与してきた。科学の継承発展のために、理系教育に重点が置かれつつある趨勢も、この状況に因るものである。

一方で、文学は停滞しているように思われる。

日本のノーベル文学賞受賞者は、川端康成と大江健三郎の二人の小説家のみであり、詩歌人にいたっては皆無である。しかし、短く設定しても千五百年に及ぶ、日本の文学の歴史は豊饒であり、明治文学だけでも、夏目漱石・森鷗外・与謝野晶子・石川啄木と、個性と普遍性を兼ね備えた、作家・詩歌人は枚挙にいとまがない。

ぺんで舎は、科学と同じように、文学もまた継承発展すべきものと考える。先に挙げた文学者たちの作品をはじめ、今後も読まれるべき文学、あるいはこれから読まれるべき文学を、新しい形で、世に送っていく。その第一弾として、大活字・軽量で親しみやすく、かつ上質な文学シリーズである、シルバー文庫をここに発刊する。

もし現代文学が、停滞どころか巷間囁かれていているように衰退しているなら、ぺんで舎が志向するのは、「文学の復権」に他ならない。

ぺんで舎　佐々木龍

ぺんで舎
Silver
シルバー文庫

シルバー文庫　あ1-1
大活字本　杜子春

2021年6月25日　初版第1刷発行

著　者　芥川龍之介
発行者　佐々木　龍
発行所　ぺんで舎
〒750-0043 山口県下関市東神田町4-1-202
TEL/FAX 083-249-5559
印　刷　株式会社吉村印刷
装　幀　Shiealdion

落丁・乱丁本は小社宛へお送りください。送料は小社負担にてお取替え致します。

価格はカバーに表示してあります。
Printed in Japan
ISBN978-4-9911711-4-7　C0193